Koreeda Hirokazu

So weit wir auch gehen

Übersetzt, eingeleitet und mit einem Glossar versehen von
Reinold Ophüls-Kashima

Koreeda Hirokazu

SO WEIT WIR AUCH GEHEN

Übersetzt, eingeleitet und
mit einem Glossar versehen von
Reinold Ophüls-Kashima

iudicium

Eine Publikation der OAG Deutsche Gesellschaft für Natur- und Völkerkunde Ostasiens, Tokyo, im IUDICIUM Verlag.

Umschlagbilder: Ralf Meyer-Ohlenhof
Umschlaggestaltung: Eveline Gramer-Weichelt, Planegg

Bibliografische Information
der Deutschen Nationalbibliothek

Die Deutsche Nationalbibliothek verzeichnet diese Publikation in der Deutschen Nationalbibliografie; detaillierte bibliografische Daten sind im Internet über http://dnb.d-nb.de abrufbar.

ISBN 978-3-86205-126-7

Druck: Totem, Inowrocław

www.iudicium.de

Vorwort

歩いても歩いても (*Aruite mo aruite mo* – „So weit wir auch gehen", „Still Walking") ist der gleichlautende Titel des Films und des Romans von dem Regisseur, Drehbuchautor und Romanautor Koreeda Hirokazu (*1962). Der Film kam im Juni 2008 in die Kinos, während der Roman fast zeitgleich erschien.

Aus welchem Grund wird hier die Übersetzung eines Romans vorgelegt, der in diesem Fall im Vergleich zum Film als primärem Medium das sekundäre Medium darstellt? Zum einen besitzt der Roman durchaus eine eigene hohe literarische Qualität, in dem während eines Wochenendes, an dem eine japanische Familie zusammenkommt, sehr dicht über existenzielle Fragen des Lebens (Familie, Geburt, Tod, Elternschaft und Kindheit, Ehe und Liebe) verhandelt wird, aber auch Generationenkonflikte und der Wertewandel in der japanischen Gesellschaft – was gilt als normal und was nicht? – thematisiert werden. Auch wer etwas über die japanische Gesellschaft von heute erfahren möchte – über Alter und Kindheit, Geschlechterfragen, Alltagsleben, Essenskultur und vieles mehr –, wird der Lektüre des Romans viel entnehmen können.

Zum anderen aber vertieft die Lektüre des Romans das Verständnis des Films, weil wir in der literarischen Verarbeitung des Stoffs sehr viel mehr über die biographischen Hintergründe der Personen, die eine wichtige Rolle in dem Film spielen, erfahren. Vor allem aber eröffnet die Übersetzung eine neue Perspektive auf das Verhältnis von Film und Roman, da der in Japan häufig anzutreffende „Roman zum Film" bisher kaum das Interesse der Forschung, ob nun der literaturwissenschaftlichen oder der filmwissenschaftlichen, gefunden hat.

Der Romanautor Koreeda Hirokazu, der 1987 sein Studium der Kunst- und Literaturwissenschaften an der Waseda-Universität abschloss, begann 1991 seine Karriere als Regisseur von Dokumentarfilmen zu sozialen Fragen für das Fernsehen, um dann weiter auch Spielfilme, Musikvideos, eine TV-Serie und Werbespots zu drehen bzw. Romane zu seinen Filmen zu verfassen. Nach dem Spielfilm-

Debüt mit *Maboroshi no hikari* (1995, „Lichter der Illusion", engl. Titel: *Illusion*) wurde Koreeda mit *Wandāfuru raifu* (1999, engl. Titel: *Wonderful Life*), einem Film, der auf eine sehr poetische und einfühlsame Weise Fragen nach dem Tod und dem Sinn des Lebens thematisiert, auch außerhalb Japans bekannt.

In dem Film *Dare mo shiranai* (2004, „Niemand weiß es", engl. Titel: *Nobody knows*), der dem Film *Distance* (2001) folgte, wird die Geschichte von vier minderjährigen Kindern erzählt, die von ihrer so lebenslustigen wie verantwortungslosen Mutter im Stich gelassen wurden. Die Rolle der Mutter spielt die bekannte Schauspielerin Yū, die mit dieser Rolle erstaunlich populär wurde und auch in Fernsehwerbespots eine solche Mutter verkörpern darf. Den eigentlichen Helden des Films, den ältesten Sohn, spielte Yūya Yagira, der für seine schauspielerischen Leistungen in Cannes ausgezeichnet wurde.

Nach *Aruite mo aruite mo* („So weit wir auch gehen", engl. Titel: *Still Walking*) 2008 folgten die Spielfilme *Kūki ningyō* (2009, „Die Gummipuppe", engl. Titel: *Air doll*), die Geschichte einer Sex-Gummipuppe, die zum Leben erwacht, *Kiseki* (2011, „Das Wunder", engl. Titel *I Wish*), der die Geschichte zweier Brüder in Fukuoka und Kagoshima erzählt, die ihre Eltern durch ein „Wunder" wieder zusammenbringen wollen, und weiter *Soshite chichi ni naru* (2013, „Und dann Vater werden", engl. Titel: *Like Father, like son*), der neben anderen Auszeichnungen 2013 auch den Preis der Jury (Prix du Jury) bei den Filmfestspielen in Cannes erhielt.

In *Umi machi diarī* (2015, „Tagebuch eines Viertels am Meer", engl. Titel: *Our Little Sister*) nehmen drei Schwestern ihre Halbschwester nach dem Tod ihres Vaters bei sich auf, und in *Umi yori mada fukaku* (2016, „Noch tiefer als das Meer", engl. Titel: *After the storm*) wird von den schwierigen Familienverhältnissen eines geschiedenen Vaters, erfolglosen Schriftstellers und Privatdetektivs erzählt.

Es lassen sich eine Reihe von Gemeinsamkeiten in den Filmen Koreedas ausmachen. Zuerst ist hier die Vorliebe des Regisseurs für die Kombination von fantastischen Motiven und realistischem Modus zu nennen, die vielleicht am stärksten in *Wandāfuru raifu* hervorsticht; mit den Techniken eines Dokumentarfilms und einer realistischen *location*, einer alten Schule, wird am Beispiel einer Reihe von Personen eine Übergangsstation nach dem Tod dargestellt, indem das schönste Erlebnis im jeweiligen Leben noch einmal nachgestellt und gefilmt wird.

Thematisch interessiert sich Koreeda insbesondere für meist mehr oder weniger schwierige Familienverhältnisse. Er beschreibt mit viel Empathie anhand eines Ereignisses wie dem Selbstmord des Partners in *Maboroshi no hikari* oder des Verlusts der unzuverlässigen Mutter in *Dare mo shiranai*, wie die betroffenen Personen auf die konkrete Situation reagieren. Eine weitere Konstante ist die Vorliebe für bestimmte Schauspieler; die Fokusfigur in *Aruite mo aruite mo*, der zur Zeit arbeitslose jüngere Bruder, wird von Abe Hiroshi gespielt, der auch in *Kiseki* als Lehrer auftritt und in *Umi yori mada fukaku* wieder die Hauptrolle übernimmt. Die Rolle der egoistischen älteren Schwester in *Aruite mo aruite mo* spielt Yū. Auch die bekannte Schauspielerin Kiki Kirin verkörpert nicht nur eine Großmutter in *Aruite mo aruite mo*, sondern auch in den Filmen *Kiseki, Umi machi diarī* und *Umi yori mada fukaku.* Ähnliches gilt für Natsukawa Yui, die in den Filmen *Aruite mo aruite mo, Kiseki* und *Umi yori mada fukaku* jeweils eine alleinerziehende Mutter darstellt.

Welche Übereinstimmungen und Unterschiede lassen sich zwischen Film und Roman finden? Der Roman folgt erst einmal dem Film (dem Drehbuch) mit einer Struktur, die szenisch genannt werden kann, also in der eine Szene, im Roman jedes Mal sehr dicht und detailliert beschrieben, auf die andere folgt. Im Unterschied zum Film, der mit einer Parallelmontage beginnt und dann die Geschichte eines Wochenendes chronologisch, sozusagen aus der Perspektive der Kamera, erzählt, wird der Roman von einer Ich-Erzählperspektive dominiert. Der Erzähler Ryōta berichtet, in der Tradition des japanischen Ich-Romans, nicht nur ausführlich von seinen jeweiligen Gefühlen und Gedanken, sondern erzählt auch von den Episoden aus seinem Leben vor und nach dem eigentlichen Geschehen, was im Film nur andeutungsweise in Gesprächen mit anderen Familienmitgliedern geschieht. Damit hat der Roman eine deutlich andere Zeitstruktur als der Film (das Drehbuch): während im Film chronologisch das Familientreffen an einem Wochenende geschildet wird und dann mit einem Zeitsprung eine Art Epilog eingefügt wird, in dem in einer Friedhofsszene die Zeit nach dem Tod der Eltern thematisiert wird, erzählt der Ich-Erzähler von der Gegenwart aus drei verschiedenen Vergangenheiten: einmal die des Wochenendes selbst, dann Episoden und Erlebnisse des Erzählers aus der Zeit davor und weiter aus der Zeit danach, wobei vor allem – anders als im Film – detailliert vom Tod der Eltern berichtet wird. Darüberhinaus wird die Szene, die im Film als eine Art Epilog im Präsens vorkommt, im Roman als Vorstellung in einer näheren Zukunft präsentiert.

Zwei Dinge sind hier anzufügen: erstens wurden die Synchronisation bzw. die Untertitel der deutschsprachigen DVD (2011) nicht für die Übersetzung des Romans verwendet oder übernommen, auch wenn zwischen Roman, Film und Drehbuch hinsichtlich der Dialoge Übereinstimmungen häufig sind. Die Übersetzung der Dialoge im Roman erfolgte hier also unabhängig davon, vor allem, um einen einheitlichen Sprachstil der Übersetzung zu gewährleisten. Darüberhinaus sind Japanisch und Deutsch als Sprachen von ihrer Struktur her so unterschiedlich, dass eine Synchronisation in Echtzeit sowieso nicht möglich ist.

Zweitens bedarf es der Erwähnung, dass einige Ausschnitte des Romantextes in zwei Seminaren der Sophia-Universität bzw. einer Übung an der FU Berlin von den Studenten/innen der jeweiligen Unterrichtseinheiten übersetzt wurden. Auch wenn diese Übersetzungen nicht direkt für die vorliegende Übersetzung verwendet wurden, sind die Diskussionen zu den Übersetzungen und einzelne Formulierungen von Studenten/innen in den Text teilweise mit eingeflossen. Es ist nicht möglich, alle Studenten/innen, die an den Seminaren teilgenommen haben, hier zu nennen, aber wenigstens sollen hier die Titel der Seminare und das Jahr, in dem sie stattfanden, genannt werden: „Übung zum Seminar: Der japanische Spielfilm der Gegenwart“ (FU Berlin, Japanologie, Wintersemester 2010, Modul – Kulturwissenschaftliche Japanologie) sowie „Comparative Culture Studies 2 – ‚Still Walking‘ (歩いても歩いても) as movie and novel“ (Sophia-Universität, Department of German Studies, Frühjahrssemester 2014 und Herbstsemester 2015).

So weit wir auch gehen

Das war, als ich, von heute aus gesehen vor sieben Jahren, gerade die vierzig überschritten hatte. Da war ich sicher nicht mehr jung, aber ich hatte, wenn man das Leben mit einem Marathon vergleichen würde, noch nicht den Wendepunkt überschritten. So dachte ich wenigstens.

Ich hatte im Frühling des Jahres geheiratet und war nicht nur Ehemann geworden, sondern zugleich Vater eines Fünftklässlers der Grundschule, weil meine Partnerin einen Sohn aus erster Ehe mitbrachte. Das war nichts Außergewöhnliches. Das ist „normal", pflegte Yukaris Sohn Atsushi zu sagen.

„Super gemacht. Sie ist viel zu schade für dich."

Es war mir nicht unangenehm, auf diese Weise von meiner Schwester Chinami auf die Schippe genommen zu werden. Obwohl wir nur zwei Jahre auseinander waren, hatte sie mich von klein auf wie ein kleines Kind behandelt. Dies hat mich bis heute geprägt. Vater hatte überhaupt nichts gesagt. Er hatte sowieso fast nie etwas gesagt, was mich betraf. Wahrscheinlich interessierte es ihn einfach nicht. Meiner Mutter schien eher allein auf Grund der Tatsache, dass ich überhaupt geheiratet hatte, ein Stein vom Herzen gefallen zu sein, unabhängig davon, was für eine Art von Frau meine Partnerin war. Wahrscheinlich aber war sie tief im Inneren nicht wirklich zufrieden damit.

Vater und Mutter hatten die siebzig schon überschritten, waren aber zu dem Zeitpunkt noch rüstig. Es war mir schon bewusst, dass sie beide irgendwann vor mir sterben würden, aber es war für mich unter allen Umständen noch ein „Irgendwann". Ich hatte mir die Situation nicht vorstellen können, wie es sein würde, Vater und Mutter zu verlieren. An jenem Tag war nichts Entscheidendes vorgefallen. Aber ich hatte schon bemerkt, dass die Dinge unter der Oberfläche in Bewegung zu geraten begannen. Trotzdem tat ich so, als wäre mir nichts aufgefallen. Als ich sie dann deutlich wahrnahm, waren schon viele weitere Seiten im Buch meines Lebens umgeblättert worden und es gab nichts, was ich noch hätte tun können. Weil Vater und Mutter schon gestorben waren.

Ich habe das Gefühl, dass seitdem schon recht viele Monate und Jahre vergangen sind, aber – wie wäre es gewesen, wenn ich zu dem Zeitpunkt da gewesen wäre oder dies oder jenes gemacht hätte … Diese Art von Rührseligkeit überkommt mich immer noch häufig, und das Gefühl verschwindet nicht, sondern staut sich an und kann nicht abklingen. In diesen Tagen, nachdem ich so vieles verloren hatte, habe ich nur eine Sache gewonnen, nämlich die vielleicht der Resignation ähnelnde Erkenntnis, dass ich im Leben immer gerade ein klein wenig zu spät komme.

„Sollen wir nicht also doch mit der letzten Bahn zurückfahren? Wenn wir von da um acht aufbrechen, reicht die Zeit locker aus."

Während wir von der für einen Samstagvormittag recht leeren Bahn durchgeschaukelt wurden, zeigte ich Yukari die Informationen zu den Umsteigemöglichkeiten auf meinem Handy.

„Aber du hast doch gesagt, wir würden da übernachten. Ich habe auch extra Sachen zum Wechseln mitgenommen."

Sie schlug, ihren Missmut kundtuend, auf die Tasche, die sie auf den Knien umklammert hielt. Atsushi, der zwischen uns saß, war schon die ganze Zeit in ein Video-Spiel vertieft. Heute trug er zu dem halbärmeligen weißen Hemd eine halblange schwarze Hose und dazu passende schwarze Lederschuhe. Yukari hatte den Abend zuvor hin- und herüberlegt und schließlich etwas gewählt, in dem er „besonders gut" angezogen wirkte.

Als mich den Tag zuvor meine Mutter gegen Mittag anrief, hatte ich ohne zu überlegen „wir bleiben über Nacht" gesagt.

„Ach wirklich?"

Mutters Stimme am Telefon hörte sich so an, als ob sie sich vor Freude überschlagen würde. Als ich ihre Stimme hörte, wollte ich es mir schon anders überlegen und dachte, dass wir auch am selben Tag zurückfahren könnten. Aber mir fiel am Telefon so schnell keine überzeugende Ausrede ein und es dabei belassend beendete ich das Gespräch. Es ist eine schlechte Angewohnheit von mir, mich erst von der jeweiligen Situation treiben zu lassen und es dann später zu bereuen.

Mit jedem Mal, an dem wir an einem Bahnhof des Keihin-Schnellzuges vorbeifuhren, den wir ab Shinagawa genommen hatten, bereute ich meine Zusage mehr. In dem Glas der Fenster der an dem Zugfenster vorbeirauschenden Gebäude spiegelten sich, wie viereckig ausgeschnitten, die weißen Wolken und der blaue Himmel. Für Anfang September war die anhaltende sommerliche Hitze ziemlich streng, und die Temperaturen würden vermutlich, wie die Nachrichten am Morgen verkündet hatten, in der Mittagszeit die dreißig Grad übersteigen. Es würde wohl reichlich anstrengend werden, die Treppen von der Bushaltestelle bis zum Haus hinaufzusteigen. In meinem Elternhaus, das in der Nähe der Küste von Kurihama liegt, wurde nur äußerst selten die Klimaanlage eingeschaltet, wie heiß es auch immer sein mochte – „wenn ein wenig Schweiß den Rücken herunter läuft, ist es gerade gut für die Gesundheit". Vater hatte uns seine Philosophie aufgezwungen und die ganze Familie diese Form von Gesundheitspflege praktizieren lassen. Diese Angewohnheit hatte sich nicht verändert.

Ich hasste die Hitze und hielt mich schon aus diesem Grund von meinem Elternhaus fern. In den Jahren zuvor hatte ich mir selbst für das eine Mal im Jahr, in den Neujahrsferien, eine Ausrede einfallen lassen und hatte so gut wie nie meine Eltern besucht.

An dem Zug, in dem wir saßen, fuhr in Gegenrichtung ein anderer nach Tokyo vorbei, und das Abteil gab eine Art lautes Knirschen von sich.

„Naja so etwas wie … plötzlich ist eine Sitzung der Parent-Teacher-Association[1] dazwischengekommen oder so."

Yukari zeigte betont langsam mit dem Zeigefinger auf sich, als sie meinen Einfall gehört hatte, und mit einem argwöhnischen Gesicht – meinst du etwa mich? – wandte sie sich mir zu.

„Ja – ist das keine gute Idee?"

Wohl wegen meines bettelnden Blicks seufzte Yukari tief.

„So machst du das immer, sofort jemand anderem die Schuld in die Schuhe schieben."

Sicherlich hatte ich selbst die Saat gesät und war daher allein verantwortlich für die Situation. Es wäre mir auch recht gewesen, wenn jemand anderer als ich für eine Ausrede herhalten müsste. Ich hatte mir sogar überlegt, ob nicht notfalls Atsushi plötzlich krank werden könnte.

Als der Zug zwei oder drei Flüsse überquert hatte, verschwanden die höheren Gebäude völlig und der Himmel weitete sich.

Auf den Sitzen gegenüber saß eine Familie, die vielleicht zu einem Vergnügungspark unterwegs war. Die zwei Jungen blickten in die Tasche ihrer Mutter und nahmen sich Onigiri-Reisbälle heraus,

---

[1] Parent-Teacher-Association: siehe Glossar.

von der Art, die man im 24-Stunden-Supermarkt[2] kaufen kann. Bestimmt, weil sie noch nicht gefrühstückt hatten, versuchten die Brüder sich gegenseitig die Reisbälle wegzunehmen. Der Vater, der nicht älter als Ende zwanzig sein konnte, kümmerte sich nicht weiter um das lautstarke Gerangel der Kinder und schlug eine Sportzeitung auf. Darin war die Nachricht über den Rücktritt eines älteren Baseball-Profis abgedruckt. Ich müsste im selben Alter wie er gewesen sein. Mein Blick fiel unwillkürlich auf die Überschrift. Ich hatte sein Spiel während des Oberschul-Baseball-Turniers Koshien aufgeregt vor dem Fernseher verfolgt, und es war mir, als sei es gestern gewesen.

„Ich habe überhaupt nichts, über das ich zu Hause reden könnte. Mein Vater glaubt immer noch, dass ich ein Baseball-Fan sei."

Bei dem Stichwort „Baseball" schaute Atsushi von seinem Video-Spiel auf.

„Du bist Baseball-Fan?"

Ich spürte, dass seine Frage den Beigeschmack von Überraschung und Verachtung hatte.

„Früher einmal. Das ist lange her."

Hastig ließ ich diese Worte folgen und verleugnete so meine eigene Kindheit.

„Hmm", murmelte Atsushi und kehrte wieder zu seinem Videospiel zurück. Für einen Jungen seiner Generation war Sport gleichbedeutend mit Fußball oder Basketball. Atsushi ging seit dem Frühling des Jahres zu einem lokalen Basketball-Team. Immer wenn ich ihn fragte: „Macht's Spaß?", antwortete er stets mit „ganz normal", wofür Yukari regelmäßig mit ihm schimpfte. In der Klasse von Atsushi schien es viele Kinder zu geben, die noch kein einziges Mal Baseball gespielt hatten. Wenn ich es recht bedenke, so sieht man auch kaum noch Jungen, die in den Straßen Catchball spielen. Wenn ich die Fotos aus meiner Kindheit betrachte, so trugen damals aber die meisten Jungen eine Baseballkappe.

„Ich möchte auch mal sagen, dass ich noch viel nervöser bin als du. Das begreifst du wahrscheinlich gar nicht."

Yukari sagte dies, während sie Atsushis vom Schlaf zerzauste Haare glatt strich.

„Ich weiß. Ich weiß das doch."

---

[2] 24-Stunden-Supermarkt: siehe Glossar.

Das war wohl so. Sie stellte sich schließlich als meine Braut in meinem Elternhaus vor. Während sie für mich die erste Frau war, hatte sie schon eine Ehe hinter sich. Es war daher nicht überraschend, dass sie nervös war, auch wenn ich ihr wiederholte Male gesagt hatte: „Du brauchst doch nicht mitzukommen, wenn du nicht willst."

„Das geht doch nicht", sagte sie und kam auf eigenen Entschluss mit. Ich ließ es auch wirklich besser bleiben, „ich habe es dir doch gesagt" zu sagen. Es schien mir keine gute Idee zu sein, sie noch weiter zu reizen. Ich steckte das Handy, das ich in die Hand genommen hatte, wieder in die Brusttasche.

Es war im vierten Jahr meiner Grundschulzeit, als wir zu dritt, mein Vater, mein älterer Bruder und ich, zum Korakuen-Baseball-Stadion gingen, bevor es zum Tokyo-Dome-Stadion wurde, um uns dort ein Baseball-Spiel anzusehen – zum frischen Grün des vom Flutlicht beleuchteten Rasens das Geräusch der Schläge. Jubel. Das zwölfte Inning. Wir waren gerade dabei, in gedrückter Stimmung das Stadion zu verlassen, um die letzte Bahn nicht zu verpassen, als die Taiyō Whales in Yokohama, deren Fans wir waren, eine Chance bekamen und mit einem Schlag das Spiel drehten.

In dem Augenblick, in dem wir das Stadion durch den Ausgang verlassen wollten, hörten wir den gedämpften Ton des Schlages und den ausbrechenden Jubel, und, als ob uns jemand an den Haaren gezogen hätte, blieben wir stehen und schauten uns an. Die Welle aus Zuschauern, die sich auf dem Weg nach Hause befanden, bewegte sich mit einem Mal in die entgegengesetzte Richtung. Auch Vater drehte sich, ohne ein Wort zu sagen, um, wühlte sich im Handumdrehen durch die Welle aus Menschen und kehrte in das Innere des Stadions zurück. Mein Bruder und ich hielten uns an den Händen und folgten ihm mit Leibeskräften. Letztendlich fuhren wir an dem Tag mit dem Taxi nach Kurihama zurück. Ich erinnere mich nicht daran, wer am Ende das Spiel gewann, aber die fröhliche Gestalt und das spitzbübische Leuchten in den Augen meines Vaters haben sich für immer in mein Gehirn eingebrannt. Im Vergleich zu der Miene des streng-würdigen, oder anders gesagt, schlecht gelaunten „Herrn Doktors", die er tagtäglich vor den Patienten und der Familie zur Schau trug, schien es das Gesicht eines völlig anderen Menschen zu sein.

Diese Geschichte ist nun schon dreißig Jahre her. Trotzdem brachte Vater immer noch das Gespräch auf das Thema Baseball, wenn sich ein peinliches Schweigen zwischen uns breit machte.

„Wie werden sie sich wohl dieses Jahr schlagen, die Yokohama Bay Stars."

„Keine Ahnung. Interessiert mich nicht mehr, der Baseball." Wahrscheinlich wäre es für uns beide eine Erleichterung gewesen, wenn ich das einmal gesagt hätte. Aber ich habe es nicht gesagt. „Ja … wie wohl?" Ich gab ihm immer eine vage Antwort dieser Art.

Der Bahnhof, an dem wir ausstiegen, hatte sich in dem einen Jahr sehr verändert. Wenn man ihn durch die Sperre des Südausgangs verlässt und nach links abbiegt, gibt es eine Treppe, die zur Bushaltestelle herunterführt. Der Soba-Nudel-Stehimbiss auf halber Höhe hatte nun einen Automaten für Essensmarken und eine Tür aus Glas. Die schmierigen, mit der Hand geschriebenen Speisekarten waren von der Wand verschwunden. Der kleine Laden neben dem Taxistand für die Waffeln in Fischform hatte sich in einen 24-Stunden-Supermarkt verwandelt. Durch den Fortschritt der Modernisierung war es vor dem Bahnhof auf den ersten Blick sauberer geworden, aber der spezielle Geruch der Gegend hatte sich verflüchtigt. Wegen der neuen Verkehrskreisel wusste ich nicht mehr, wo die Bushaltestelle war, an welcher der Bus in Richtung meines Elternhauses abfuhr. Ich nahm die Melone hoch, die ich im Bahnhofsgebäude gekauft hatte, und wir liefen hin und her, um die Bushaltestelle zu suchen, und als wir sie endlich gefunden hatten, waren wir alle drei in Schweiß gebadet.

Wir schauten nur nach den Abfahrtzeiten des Busses und gingen dann erst einmal in das Café am Ort. Während meiner Oberschulzeit war es ein leicht schmuddeliger Laden, in dem fader Curryreis und klebrige Napolitan-Spagetti mit Ketchup-Soße serviert wurden. Jetzt war es nur dem Aussehen nach in eine Art Familienrestaurant verwandelt und eine Getränke-Theke war aufgestellt worden. Atsushi stand davor, biss auf einen Becher und dachte lange nach. Wenn man ihn so ansah, war er doch ein ganz „normaler", gerade mal zehnjähriger Junge, wie man ihn überall antreffen konnte.

„Frag doch deine Schwester mal richtig."

Yukari, die mir gegenüber saß und die Verpackung des Strohhalms zu einem Knoten verarbeitete, brachte wieder das Thema vom Abend zuvor aufs Tapet. Ich machte absichtlich ein fragendes Gesicht, als ich mich zu ihr aufrichtete.

„Wegen des Umzugs."

„Ach so, das", sagte ich, obwohl es mir doch eigentlich klar gewesen war.

„Wäre es nicht besser, wenn wir zusammen darüber nachdenken würden? Da ist ja auch noch dein Vater …"

„So weit denkt sie doch, mein Schwesterherz", sagte ich abschätzig. Das war etwas, was mit uns nichts zu tun hatte. Die Familie meiner Schwester lebte damals in einer Firmenwohnung in Mitaka, welche die Firma ihres Mannes zur Verfügung gestellt hatte. Weil die beiden Kinder größer geworden waren, wurde es in der Wohnung recht eng, und sie wollten Vaters Behandlungsräume, die er nicht mehr benutzte, einreißen und unser Elternhaus zu einem Doppelhaus umbauen. Das war jedenfalls die Absicht meiner Schwester. Ihr Mann Nobuo war zwar nicht von meinen Eltern adoptiert[3] worden, aber als dritter Sohn hatte er nicht die Verpflichtung, sich um seine Eltern auf dem Lande in Fukushima zu kümmern. Wahrscheinlich hatte meine Schwester vor, nach der Verwirklichung ihres Plans, der Rückkehr ins Elternhaus, ihre Kinder unserer Mutter aufzuhalsen und wie in jungen Jahren wieder ihren Vergnügungen wie Tennis oder Reisen nachzugehen.

„Ich habe keine Lust, nach Hause zurückzukehren, und wenn sich mein Schwesterherz um unsere Eltern kümmern würde, wäre das nur eine große Hilfe für mich." Das war mein aufrichtiges Gefühl. Wenn ich nur von Vater und Mutter befreit würde und diesem Hause entkommen könnte, würde es mir nicht leidtun, das Grundstück oder das Haus meiner Schwester zu überlassen, dachte ich bei mir.

„Das geht doch so nicht. Du bist nun einmal der älteste Sohn."

„Der zweitälteste Sohn bin ich."

---

[3] Hier wird auf das in Japan weit verbreitete System der Adoption nichtblutsverwandter Menschen angespielt. In diesem Fall geht es darum, dass der Ehemann der Tochter adoptiert wird (genannt *muko-tori*), um in der patriarchalischen Familie die Erbfolge zu sichern, die üblicherweise der älteste Sohn antritt.

Yukari erwiderte dies mit einem genervten Gesichtsausdruck, als ob sie sagen wollte: „Das weiß ich doch, aber …“

Yukari wollte damit nicht zum Ausdruck bringen, dass es ihr leidtun würde, wenn meine Schwester sich das Vermögen – unabhängig davon, ob man es überhaupt so nennen konnte – unter den Nagel reißen würde. Sie setzte mir wegen meines Verhaltens zu, dem Mangel an Verantwortung gegenüber den Problemen der Familie, obwohl ich doch ein Mitglied der Familie war. Es war nur allzu richtig, sodass es daran nichts zu kritisieren gab. Es gab, ehrlich gesagt, Zeiten, da war ihr Gerechtigkeitsempfinden für einen Menschen wie mich nur schwer erträglich. Es wäre für mich leichter gewesen, wenn sie gesagt hätte, „die Hälfte des Hauses steht doch dir zu“. Wenn ich zu dem Zeitpunkt meine Nase in die Angelegenheit des Umzugs gesteckt hätte, wäre das Ergebnis sicherlich gewesen, dass ich nur noch zusätzliche Komplikationen produziert hätte. Es war besser, die Frage meiner Schwester zu überlassen. Eine gewiefte Person wie sie würde bestimmt meine Mutter als Bündnisgenossin gewinnen und ihren Willen durchsetzen.

Ich nahm nur einen Schluck von dem Kaffee. Er schmeckte schlecht wie eh und je, nur säuerlich, aber nicht stark und bitter.

Atsushi kam endlich von der Getränke-Theke zurück und setzte sich neben Yukari. Er stellte vorsichtig, um nichts zu verschütten, das bis an den Rand gefüllte Glas auf den Tisch. Für eine Cola war die Farbe ein wenig zu dünn.

„Was ist das denn“, fragte Yukari, wobei sie mit der Stirn runzelte.

„Ein Mix aus Cola und Ginger Ale“, sagte Atsushi angeberisch.

„Du könntest doch beides einzeln trinken. Man hat doch eine freie Auswahl und kann so viel trinken, wie man will.“

Yukari verzog das Gesicht, flüsterte leise so etwas wie „wie bei armen Leuten“, nahm ihre Schminktasche und stand auf. Sie wollte wohl die durch den Schweiß verlaufene Schminke erneuern. Am Tisch blieben Atsushi und ich zu zweit zurück. Plötzlich wurde die Musik in dem Laden lauter. Nein, ich hatte vielleicht nur das Gefühl, als ob dem so wäre.

In dem Café nahmen einige Eltern mit ihren Kindern, wie die im Zug, ein frühes Mittagessen zu sich. An einem Tisch in der Mitte aß ein ungefähr fünfjähriger Junge als Dessert einen Schokoladeneisbecher. Er ärgerte sich über seine Mutter, als diese die Kirsche von der Sahne nahm und essen wollte, und tat sie zurück. „Du magst sie doch gar nicht“, beschwerte sich seine Mutter. Erst nachdem der Junge daraufhin, wie um seine Mutter zu ärgern, die Kirsche zur Seite gelegt hatte, stieß er seinen Löffel in das Vanilleeis.

Mit dem Schokoladeneisbecher ist für mich eine schmerzhafte Erinnerung verbunden. Früher, bevor wir in das Haus in Kurihama gezogen waren, lebten wir fünf zusammen als Familie im Tokyoter Bezirk Itabashi. Es war zwar nur ein altes einstöckiges Haus in einer Wohngegend mit alten Holzhäusern, aber es war schon einmal ein Einfamilienhaus. Weil es zu der Zeit vor dem von uns aus nächsten Bahnhof der Tobu-Linie, Kami-Itabashi, noch keine nennenswerte Ladenpassage gab, fuhren wir nach Ikebukuro, wenn es etwas einzukaufen gab. Wir waren zwar nicht gerade arm, aber mein Vater hasste es, in Begleitung der Kinder ein Restaurant oder ähnliche affektierte Lokalitäten zu betreten. Wenn wir schon einmal mittags auswärts aßen, dann gingen wir zum chinesischen Restaurant „Mikado“ in der Ladenstraße im Untergeschoss. Vater bestellte dort grundsätzlich die chinesische Nudelsuppe *Tanmen* und die chinesischen *Gyōza*-Maultaschen. Ich mochte besonders die *Gomoku*-Buchweizennudeln mit der *Datemaki*-Omeletterolle obendrauf. Wenn es sich auch Restaurant nannte, war es doch eher eine Volksküche, in der man sich eine Essensmarke kaufte und mit anderen Gästen gemischt zusammen in einem großen Speisesaal aß. Trotzdem ließ es mir damals das Herz höher schlagen. Es war bei uns üblich, sich Speisen wie Hamburger oder Reisomelette, die den Magen füllten, zu bestellen, weil Vater es nicht mochte, wenn insbesondere wir als Jungen einen warmen *hot cake* oder ein Dessert aßen. Aber an diesem Tag war Vater aus irgendeinem Grund guter Laune und sagte zu uns Kindern: „Bestellt, was ihr gerne mögt“. Ich überlegte krampfhaft hin und her und bestellte letztlich einen Schokoladeneisbecher. Auf der Papierserviette lagen nebeneinander gereiht ein länglicher Löffel und eine Gabel. Schon allein dies fand ich aufregend.

Aber weil es ein Sonntag und der Laden deshalb sehr voll war, kam und kam das bestellte Essen nicht. Vater bekam langsam immer schlechtere Laune, und als erste wurde meine Schwester, die einen *pudding a la mode* bestellt hatte, allmählich nervös; sie muss damals wohl in der fünften Klasse der Grundschule gewesen sein. Sie erinnerte sich an ein lustiges Ereignis in der Schule, erzählte meinem Vater davon und versuchte so verzweifelt, die Zeit zu überbrücken.

Nach etwa vierzig Minuten nahm Vater, der meiner Schwester mit verschränkten Armen zugehört hatte, plötzlich die Abrisse der Essenskarten in die Hand, stand auf und begann eilig in Richtung Ausgang zu gehen. Mein Bruder, der diese Erfahrung schon wer weiß wie oft gemacht hatte, lief Vater resigniert hinterher. Meine Schwester widersetze sich, indem sie meine Mutter am Ärmel zupfte (lass uns doch wenigstens noch etwas warten). Mutter sagte, während sie kraftlos lachte, „ihr könnt das beim nächsten Mal wieder essen" und ging los, meine Schwester an der Hand hinter sich her ziehend. Ich hatte währenddessen die ganze Zeit auf den Eingang zur Küche gestarrt. Vater begann, mit der Person an der Kasse zu verhandeln (gebt das Geld zurück!). Papierserviette, Löffel und Gabel blieben unverändert auf dem Tisch zurück. „Noch ist Zeit. Komm sofort heraus", betete ich in meinem Herzen zu den Göttern. Aber schließlich kam niemand aus der Küche heraus. Das war der Tag, an dem ich einem Schokoladeneis so nahe wie sonst nie wieder gekommen war. Danach sind wir zwar oft in das Restaurant eines Kaufhauses essen gegangen, aber Vater hat niemals wieder gesagt, dass ich mir etwas bestellen könne, was ich mag.

Das ist eine Episode aus meiner Zeit, als Vater für uns in der Familie das Absolute war.

Ein Blubbern ließ mich in die Gegenwart zurückkehren. Atsushi amüsierte sich, indem er mit dem Strohhalm in seine Cola blies. Sie schmeckte vielleicht nicht so gut, wie er gedacht hatte. Yukari hätte zweifellos so etwas gesagt wie „lass das sein, das ist ungezogen", wenn sie es gesehen hätte. Er machte das, gerade weil er es wusste. Wollte er mich auf die Probe stellen? Wollte er mich ärgerlich machen? Väter verhalten sich wohl so … Aber ich war in meinem Herzen noch nicht so weit, mich wie ein Vater zu benehmen.

„Was macht die Schule?"

Nachdem ich hin und her überlegt hatte, stellte ich schließlich eine harmlose Frage.

„Normal."

Es kam die erwartete Antwort zurück. Das war wieder etwas, was Yukari überhaupt nicht ausstehen konnte.

„Normal, so …"

„Hmm." Atsushi nickte unbekümmert, ohne auch nur von seinem Glas aufzublicken.

„Ähm … der Hase. Die Geschichte habe ich gestern von deiner Mama gehört.“

Atsushi rührte mit dem Strohhalm das Eis in seinem Glas um. Ich wusste nicht, ob er mir zugehört hatte oder nicht. Ich hatte von Yukari gehört, dass der Hase, den Atsushis Klasse gehalten hatte, krank geworden und gestorben war. Nach dem Unterricht hatte es anscheinend eine Beerdigung gegeben. Während sich alle weinend vom Hasen verabschiedeten, soll allein Atsushi gekichert haben. Heute teilt so etwas die Schule sofort den Eltern mit.

„Wieso lachst du, obwohl er tot ist?“

„Ich fand das komisch.“

„Was denn?“

„Nun, weil Reina gesagt hatte, wir sollten ihm einen Brief schreiben.“

„Das ist doch nicht schlecht, einen Brief zu schreiben.“

Ich sagte dies mit Absicht in einem munteren Tonfall.

„Obwohl ihn niemand lesen wird?“

Als Atsushi dies in einem fragenden Tonfall sagte, richtete er zum ersten Mal seinen Blick auf mich.

Es war schon fast zu viel für mich, auch nur seinen Blick zu erwidern. Nein, präzise gesagt, handelte es sich nicht um ein „Erwidern“. Ich konnte nur nicht seinem Blick nicht ausweichen. Eine Erklärung wie die, mit der wir Kinder beschwindeln – er wird bestimmt den Brief im Himmel lesen –, würde Atsushi nicht akzeptieren. Ich erkannte in seinen Augen eine Einsicht, die realistischer war als selbst die von Erwachsenen. Ach ja. Der Junge vor mir hatte mit dem Tod seines Vaters die Erfahrung eines großen Verlustes gemacht. Wie tief die Trauer ist, hängt nicht vom Alter ab. Es war sicher, dass ich diesen Verlust nicht so einfach würde nachvollziehen können. Also wollte ich an dem Thema nach Möglichkeit erst gar nicht rühren. So dachte ich damals. Heute würde ich aber vielleicht seinem Verlust ins Angesicht schauen können.

Atsushi wandte zuerst seinen Blick ab. Ich hatte das Gefühl, von der Angel gesprungen zu sein und drehte mich in Richtung Toiletten um, in der Hoffnung auf weitere Rettung. Yukari kam noch nicht heraus. Der Schweiß auf meinem Rücken war vollständig getrocknet und mir war sogar ein wenig kühl geworden. Danach verbrachten wir die Zeit, indem wir über Unverfängliches wie Basketball sprachen, bis Yukari zurückkam.

Steigt man an der kleinen Bushaltestelle neben dem Strand aus, muss man bis zum Haus noch etwa fünfzehn Minuten einen Hügel hinaufsteigen. Wenn man eine Weile die Hügelstraße mit dem Rücken zum Meer unter sich entlang läuft, taucht vor den Augen ein dichtes Gehölz auf. In dessen Mitte führt in gerader Linie eine Steintreppe nach oben.

Kaum zu glauben, dass wir in unserer Kindheit unsere Fahrräder geschultert und diese Steintreppe rauf und runter gelaufen waren. Ich fasste die Wassermelone noch einmal richtig und feuerte mit einem „Also los" an. Es war wohl schon kurz nach elf Uhr am Vormittag und die Zikaden, die einen das nahe Ende des Sommers spüren lassen, zirpten laut. Wie ich dort umhüllt von einem Tunnel aus grünen Bäumen entlanglief, überfiel mich die Vorstellung, so etwas wie eine Treppe zum Himmel hinaufzusteigen. Ich lief ein wenig vor den anderen beiden vorneweg und rief währenddessen einen Kommilitonen aus einem niedrigeren Semester meiner Hochschule an. Tonami, der an der Kunsthochschule im selben Universitäts-Studentenclub wie ich gewesen war, arbeitete jetzt in einem großen Verlag, der mit Kunst gar nichts zu tun hatte. Am Abend zuvor hatte ich ihn besucht und meinen Lebenslauf mitgebracht, und er hatte mir seinen Vorgesetzten in der Verlagsabteilung vorgestellt. Kurz gesagt hatte ich ein Vorstellungsgespräch. Ich hätte mir nicht vorstellen können, mit über vierzig Jahren noch einmal einen Lebenslauf zu schreiben.

„Du, kannst du nicht damit aufhören „Ryō-chan" zu sagen?", bat Yukari Atsushi, wobei ich sie über dem schrillen Geräusch der Zikaden schwach hören konnte. „Hmm, wenigstens nur heute… Ich denke, du könntest mir doch mal helfen …"

„Aber Ryō-chan ist Ryō-chan!"

„Ach, du verstehst doch genau, was ich meine." Yukari stieß einen tiefen Seufzer aus.

Das Klingelzeichen des Handys war zehn Mal zu hören und wechselte dann zur Bandansage des Anrufbeantworters. Ich blieb stehen und wartete, bis die beiden anderen mich eingeholt hatten.

„Dieser Tonami geht nicht ans Telefon."

„Verlagsangestellte haben doch samstags frei. Versuchs eben am Montag noch mal."

Ich signalisierte vage meine Zustimmung und steckte das Handy in die Tasche.

„Das bleibt aber unter uns, die Sache mit der Arbeit, nachher …"

„Jaaa …“

Damit hatte ich Yukari auf die Hühneraugen getreten. Sie erhob, offensichtlich genervt, die Stimme am Wortende.

„Ich bitte dich. Wenn wir das heute irgendwie überstehen, werden wir sie ja eine Weile nicht sehen.“

„Aber du musst doch nicht dermaßen so tun als ob. Es sind doch deine Eltern.“

„Gerade weil es meine Eltern sind! Dass ich arbeitslos bin, will ich auf keinen Fall sagen. Ihm gegenüber.“

„Du wirst immer gleich so hitzig, wenn es um deinen Vater geht.“

Ich war Yukari dankbar, dass sie mich nicht drängte, sofort wieder eine Arbeit zu suchen. Aber da sie eine qualifizierte Kuratorin war, erhielt sie damals ein Gehalt vom Museum, das höher war als mein Lohn zu der Zeit, als ich im Studio für Gemälde-Restauration gearbeitet hatte. Mich überkam manchmal ein Gefühl der Unsicherheit, weil wir uns nicht darauf verlassen konnten, mit meinem Einkommen unsere Existenz zu sichern. Naja, das war wohl nur der nutzlose Stolz eines altmodischen Mannes. Aber dass ein Mann in mittleren Jahren von seiner Frau ernährt werden musste, würde wiederum mein Vater ohne jeden Zweifel tief verabscheuen.

Jedes Mal, wenn wir uns trafen, fragte mich Vater: „Wie läuft es mit der Arbeit? Kannst du davon leben?“ Dass er mit diesen Worten mein Leben in Frage stellte, war für mich immer äußerst schmerzhaft. Außerdem hatte ich bei jedem Besuch normalerweise meine Arbeit gewechselt. Nach meinem Abschluss an der Kunsthochschule hatte ich eine Weile an Vorbereitungsschulen für die Eingangsprüfungen der Universitäten und in Museen gejobbt. Ich hatte auch schon versucht, Bilder zu malen, aber dass ich weder das Talent noch die Entschlossenheit hatte, damit den Lebensunterhalt zu verdienen, wusste ich selbst am besten. Als ich schon die dreißig überschritten hatte, begann ich, eine Fachschule für Gemälde-Restaurierung zu besuchen. Die Schulgebühren hatte Mutter mir heimlich, ohne das Wissen meines Vaters, bezahlt. Weil zu der Zeit der Kontakt zwischen uns fast vollständig abgebrochen war, freute sich Mutter sogar, dass ich mich von ihr unterstützen ließ. Ich erhielt eine Anstellung im Atelier eines Professors der Schule, an der ich meinen Abschluss gemacht hatte. Aber nicht, weil ich so viel Talent hatte. Er stellte mich wahrscheinlich aus Mitleid ein, da er dachte, dass ich die meisten Schwierigkeiten haben würde, einen Arbeitsplatz zu finden. Dort traf ich Yukari. Da ich aber schon große Schwierigkeiten hatte, mich allein von meinem Lohn finanziell über Wasser zu halten, kündigte ich die Stelle anlässlich unserer Hochzeit. Allerdings war es viel schwieriger als gedacht, als vierzigjähriger Mann ohne besondere Qualifikationen und ohne Karriere wieder eine neue Stelle zu finden.

Für meinen Vater war die Arbeit das Ein und Alles im Leben gewesen. Er hielt Männer, die nicht so dachten, für wertlos. Als ich einmal den Versuch machte zu sagen, dass das Leben nicht nur darin bestehe, im Beruf Erfolg zu haben oder so, erreichte ich nur damit, dass er dies für das pathetische Heulen eines geprügelten Hundes hielt.

Ich war entschlossen, nur für diesen einen Tag zu sagen, dass ich wieder im Atelier für Gemälde-Restauration arbeiten würde. Bis Neujahr würde ich bestimmt eine neue Stelle gefunden haben. Aber wenn nicht, dann wäre ich ernsthaft in Schwierigkeiten.

Als ich den Hang erklommen hatte, lagen die frisch und grün schimmernden Berge vor meinen Augen. Das war die vertraute Landschaft meiner Kindheit. Ich hatte das Gefühl, dass mir die Sonne ein klein wenig nähergerückt wäre. Ich hatte vorläufig aufgehört zu schwitzen, aber irgendwann floss mir der Schweiß doch wieder den Rücken herunter.

„148“, sagte Atsushi, als er die oberste Stufe der Steintreppe erreicht hatte. Er hatte die ganze Zeit beim Laufen die Zahl der Treppenstufen gezählt.

Ich fragte mich, während ich mich ihm lächelnd zuwandte, ob er noch ein Kind oder schon ein Erwachsener sei.

Vor unserem Elternhaus stand schon das weiße Auto der Familie meiner Schwester Chinami. Ich kannte mich überhaupt nicht mit Autos aus, aber es war so ein großes, das praktisch war, wenn die Familie zum Campen fahren wollte. Das war auf jeden Fall in einem Fernsehwerbespot so dargestellt worden. Ich hatte es für recht zweifelhaft gehalten, ob es, wie in dem Spot jedes Mal gezeigt wurde, wirklich Väter gab, die so ein gutes und freundschaftliches Verhältnis zu ihren Kindern haben, aber auf den Mann meiner Schwester traf das wirklich zu.

Ihr Mann Nobuo war ein offenherziger Mann, der in der

Geschäftsstelle eines Autohändlers arbeitete, und schenkte ständig jedem Gegenüber sein Lächeln, auch wenn es sich nicht um einen Kunden handelte. Er war das genaue Gegenteil meines Vaters, ein *my-home*-Papa wie aus dem Bilderbuch. Ich hatte bei unserer ersten Begegnung schon sofort gesehen, dass er meine Schwester heiraten und was für eine Art Familie er gründen wollte. Da meine Schwester bereits den Tag zuvor zu meinen Eltern gefahren sein musste, um meiner Mutter beim Kochen zu helfen, war Nobuo wohl morgens früh mit den beiden Kindern von zu Hause aufgebrochen. Als ich daran dachte, dass ich den ganzen Tag inmitten eines von keinem Schatten getrübten, merkwürdig fröhlichen Lachens verbringen sollte, verdüsterte sich meine Stimmung um eine weitere Stufe. Meine Familie musste im Vergleich dazu geradezu trübsinnig erscheinen, und ich bin bis heute nicht in der Lage, mich auf mein Gegenüber einzustellen und so zu tun, als ob ich eine fröhliche Person sei.

Am Rande meines Blickfeldes war das weiße Schild „Yokoyama-Arztpraxis" zu sehen, das halb verdeckt von dem Auto dort stand. Mein Vater musste seine Praxis schon vor drei Jahren aufgegeben haben. Wenn trotzdem das Schild wie früher immer noch dort stand und er es dabei beließe, würden ihn die Leute aus der Gegend bis in alle Ewigkeit mit „Herr Doktor, Herr Doktor" anreden. Das war bestimmt seine Überlegung. Das konnte man nur als typisch für meinen Vater bezeichnen. Ich wandte bewusst den Blick ab und drückte den Klingelknopf.

Nachdem ich mich vergewissert hatte, dass die Klingel im Inneren des Hauses zu hören gewesen war, öffnete ich die Tür. Meine Mutter und meine Schwester Chinami eilten mit kleinen Schritten durch den Flur herbei.

„Guten Tag", sagte ich möglichst munter, worauf Mutter erwiderte: „Du musst eigentlich sagen ‚ich bin wieder da', schließlich ist es dein Zuhause", und fuchtelte mit der rechten Hand vor ihrem Gesicht herum, wie um „oder nicht" zu sagen.

„Guten Tag! Verzeihen Sie die Störung."

Hinter meinem Rücken brachte Yukari dies mit einer etwas höheren Stimme als sonst hervor. Aus Anspannung wirkte ihre Stimme schrill. Dies passierte ihr vor Leuten äußerst selten, denn sie war eher ein männlicher Typ Frau. Obwohl sie drei Jahre jünger war als ich, war sie normalerweise ein sehr selbstbewusster Mensch, aber heute war es tatsächlich anders als sonst.

„Kommt rein. Es ist euch sicher heiß …"

Mutter kniete sich flink auf den Holzfußboden, legte die Hände nebeneinander und zeigte eine übertriebene Verbeugung.

„Guten Tag", sagte Atsushi mit kindlicher Stimme und verbeugte sich flüchtig.

„Ach, das ist aber ein gescheiter Junge."

Nachdem meine Mutter mit großer Geste ihrer Rührung Ausdruck verliehen hatte, reihte sie drei Paar Schlappen nebeneinander.

„Das hast du das letzte Mal hier vergessen", sagte Yukari und reichte Chinami einen Hut. Im Sommer hatten sie anscheinend zusammen in dem Auto von Nobuo einen Ausflug nach Odaiba in Tokyo unternommen. In dem Restaurant, in das sie gegangen waren, soll Mutsu, ihr Sohn, seinen Hut vergessen haben und ohne ihn nach Hause gefahren sein.

„Tut mir leid. Unser Schussel da vergisst mit Sicherheit irgendetwas, wenn wir ausgehen, also wirklich."

Meine Schwester ließ den Hut auf ihrem Finger kreisen und lachte.

Ohne dass ich es mitbekommen hätte, waren die beiden recht gute Freundinnen geworden.

„Die Gegend um den Bahnhof hat sich aber verändert, was. Wir sind da herumgelaufen und waren total durchgeschwitzt."

„Weil du so selten nach Hause kommst, geht es dir wie dem Fischer Urashima Tarō[4] aus dem Märchen."

Hinter diesen Worten versteckte sie sanft die Kritik an mir, weil ich kaum einmal bei ihnen vorbeischaute. Ich tat so, als bemerkte ich es nicht und redete weiter.

„Der schmale Buchladen hat zugemacht."

„Weil der Ladenbesitzer krank wurde und ins Krankenhaus musste, konnte sich niemand mehr um den Laden kümmern", meinte Mutter.

Während sie die Hände auf die Brust drückte, runzelte sie die Stirn.

Auf dem Rückweg von der Schule schaute ich früher oft beim alten Buchladen neben der Pachinko-Spielhalle vor dem Bahnhof vorbei und las im Stehen Mangas und Zeitschriften.

---

[4] Urashima Tarō: siehe Glossar.

In eben diesem Buchladen hatte ich eine unangenehme Erfahrung gemacht. Just in dem Moment, als ich die Nacktfotos der dort aufgereihten Zeitschrift „Goro“ betrachtete, wurde ich zufällig von einer meiner Mitschülerinnen überrascht.

Der ältere Ladenbesitzer saß immer neben der Kasse, hatte ein Go-Handbuch aufgeschlagen, machte dabei ein ernstes Gesicht und rauchte.

„Ich lege die Melone mal im Badezimmer ins kalte Wasser.“ Während ich in meine Schlappen schlüpfte, hob ich die Melone hoch, und – da war doch noch was – drehte mich um.

„Weil du gesagt hast, dass du Windbeutel magst“, sagte Yukari mit einem Timing, als hätte sie es vorher geübt, und überreichte meiner Mutter die Kuchenschachtel.

„Ah, ich freu mich. Dann lasst sie uns erst mal vor den buddhistischen Hausaltar als Opfergabe stellen ...“

Mutter nahm die Schachtel respektvoll, fast ehrfürchtig in Empfang, stand auf und ging in Richtung Flur, Atsushi vor sich herschiebend. Ich blickte kurz in das Beratungszimmer der Arztpraxis, das seitlich neben dem Eingangsbereich lag.

Sicherlich hatte Vater unserem Gesprächswechsel hinter der Tür mit gespitzten Ohren gelauscht. Aber er wäre niemals aus seinem Zimmer gekommen und hätte uns mit so etwas wie „Heiß heute, nicht?“ angesprochen. Ich wäre auch nie von mir aus extra ins Behandlungszimmer gegangen, um so etwas wie „Lange nicht gesehen!“ zu sagen.

„Wie schön! Was für eine Schule war das nochmal?“ sagte mit lauter Stimme Yukari, während sie das an der Seite im Eingangsbereich stehende Ikebana-Blumengesteck betrachtete.

„Das ist mein eigener Stil!“ sagte Mutter verlegen. Das Lob schien sie zu freuen.

Letzte Nacht, als ich von Yukari gefragt wurde, zu welchem Stil Mutters Ikebana gehöre, antwortete ich: „Du meinst so etwas wie *omote* oder *ura*?“[5], und wurde dafür ausgelacht.

„Das sind doch Teezeremonie-Richtungen! Ach nein, das ist typisch Mann. *Obara* oder *ikenobō*[6] oder so sind Ikebana-Richtungen!“ Ich glaube, Yukari wollte, gleich nachdem sie angekommen

---

[5] *Omote, ura*: siehe Glossar.

[6] *Obara, ikenobō*: siehe Glossar.

war, als Schwiegertochter Punkte sammeln, aber letztendlich war sie in meinem Elternhaus angekommen, ohne Mutters Stil zu kennen. Nun, im Ergebnis hatte sie anscheinend wohl auch so zufällig ins Schwarze getroffen.

„Das ist in Wirklichkeit doch eine Mogelpackung. Als ich damals in meiner Firma anfing und Ikebana gelernt habe, ging das völlig anders", sagte meine Schwester.

„Ist doch egal, was es ist. Solange es gut aussieht, nicht wahr", erwiderte Mutter.

Mutter und Schwester verschwanden im Wohnzimmer, während ihr Wortwechsel im Wartezimmer verhallte.

Ohne Zweifel gab es, so weit ich mich zurückerinnern konnte, zu Hause schon immer Blumen. Sie schmückten, entsprechend den vier Jahreszeiten verschieden, meist einen Tisch im Eingangsbereich, den Küchentisch oder als Opfergabe den buddhistischen Hausaltar.

Mutter war ein Mensch, der niemals Geld für Essen oder Kleidung verschwendet hätte, aber für sie waren Blumen etwas Besonderes. Ich habe das Gefühl, dass vielleicht nur dann, wenn sie Blumen steckte, ihr Gesichtsausdruck ausgeglichen wirkte.

Das ist eine Geschichte, die sich viel später ereignete – als ich die Nachricht erhalten hatte, dass meine Mutter zusammengebrochen sei und ich überstürzt nach Hause fuhr, hatte sie schon im Eingangsbereich das übliche Neujahrsgesteck aufgestellt. Wir hatten geplant, nach längerer Zeit mal wieder als Familie am 31. Dezember zu meiner Mutter zu fahren und Neujahr in meinem Elternhaus zu verbringen. Es handelte sich um Chrysanthemen, Narzissen und Nelken. Sie hatte sie mit roten Früchten, die wie Himmelsbambus aussahen, zu einem Arrangement zusammengefügt. Als ich meine Schwester später danach fragte, erklärte sie mir, dass es sich bei dieser Frucht um eine sogenannte „Korallenbeere" handele. Obwohl eine Vielzahl verschiedener Blumensorten verwendet worden war, waren sie klar geordnet, und ich empfand das Arrangement als typisch für Neujahr.

Im Kühlschrank lagen schon meine Leibspeisen wie Schinken oder *nishiki*-Eierkuchen bereit, und ein kleiner Spiegel-Mochi-Reiskuchen[7] stand auf dem Fernseher.

---

[7] Spiegel-Mochi-Reiskuchen: siehe Glossar.

Es war fast mit den Händen zu greifen, wie sehr sie auf unseren Besuch gewartet haben musste. „Der Reiskuchen, den man an einem 9. kauft, bringt Unglück!“

Deswegen hatte meine Mutter, die das immer so gesagt hatte, stets die Einkäufe und Vorbereitungen für Neujahr vor dem 28. erledigt – so wohl auch dieses Mal.

Schließlich pendelten wir über Neujahr zwischen dem Krankenhaus, in dem Mutter lag, und meinem nun herrenlosen Elternhaus hin und her. Der 3. Januar verging, aber wir brachten es lange nicht übers Herz, die Blumen, die den Eingang schmückten, nach der Neujahrswoche wegzuwerfen, auch wenn sie schon verwelkt waren. Ich hatte vielleicht irgendwie geahnt, dass es schließlich die letzten Blumen sein würden, die Mutter arrangiert hatte. Aber der Zeitpunkt, an dem ich mit Dankbarkeit an die Vorbereitungen meiner Mutter zurückdenken würde, lag noch weit vor mir; damals fand ich jede einzelne ihrer Vorbereitungen nur aufdringlich, und es war mir lästig.

Mutter legte die Windbeutel vor den Hausaltar im Wohnzimmer und zündete die Kerze an. Ich zündete mit einer von ihnen die Räucherstäbchen an, schlug das Glöckchen an und schloss die Augen. Beide, Yukari und Atsushi, saßen nebeneinander neben mir und hatten die Hände gefaltet. Am Altar standen eine weiße und eine blassviolette kleinblütige Chrysantheme, und neben ihnen ein Foto meines Bruders, auf dem er in den Zwanzigern war und dem Betrachter ein unbekümmertes Gesicht zeigte. Da er auf dem Bild einen weißen Arztkittel trug und im Hof des Krankenhauses stand, hatte er wohl zu dem Zeitpunkt sein Praktikum beendet und begonnen, in dem Krankenhaus zu arbeiten. Es war vielleicht eine Zeit, in der er sich auf die näherrückende Hochzeit vorbereite.

Von jenseits des Glöckchentons näherten sich schnell lachende Kinderstimmen. Der hintere Teil des Gartens war mit dem Parkplatz des benachbarten Appartementhauses verbunden, und die Kinder konnten daher gut dort spielen. Chinami und Mutsu, die sich dort gegenseitig einen Baseball zugeworfen hatten – sie hatten wohl Catchball gespielt –, kamen zurück.

„Heh, lange nicht gesehen.“

Nobuo, der hinter den Kindern hinterher gelaufen kam, entdeckte mich und sprach mich an: „Guten Tag.“

Bevor ich antworten konnte, begrüßte mich Chinamis Tochter Satsuki, in einer Lautstärke, die der ihres Vaters nicht nachstand: „Guten Tag."

Yukari erwiderte den Gruß mit einem Lächeln.

Nobuos Haut war so makellos braun, als ob er in ein Sonnenstudio oder Ähnliches gegangen wäre.

„Du bist ja schön braun geworden. Auf Hawaii gewesen?"

„Nein, nein."

Nobuo fuchtelte demonstrativ mit seiner Hand vor dem Gesicht herum.

„Ich hab' keine Zeit, irgendwo hinzufahren. Das ärgert mich, und deswegen war ich im Park bei uns in der Nähe."

„Er läuft da in der Badehose rum. Ich kann das nicht mehr mit ansehen."

Als meine Schwester das gesagt hatte, kratzte sich Nobuo am Kopf, als ob er sich im Gegenteil sogar darüber freuen würde. Satsuki neben ihm lachte. Weil ihr Lachen dem meiner Schwester, als sie klein war, so ähnlich war, bekam ich einen leichten Schreck.

„Nanu? Ist Satsuki nicht schon wieder ein Stück gewachsen?"

„Anderthalb Zentimeter in den Sommerferien!"

Satsuki drückte den Rücken durch und machte ein Victory-Zeichen mit den Fingern.

„Bald wird sie mich überholt haben", rief Yukari von der Stelle vor dem Altar aus in den Raum.

„Sie isst ja auch genug", lachte meine Schwester leicht genervt.

„Macht Mutsu noch *kendō*?"

Ich imitierte mit der rechten Hand die Bewegung eines Bambusschwertes. Er war doch, war ich mir sicher, von Freunden dazu eingeladen worden, als ich ihn das letzte Mal zu Neujahr traf, und hatte begonnen, in der örtlichen Turnhalle zu trainieren.

Mutsu sagte nichts und schaute zu Boden.

„Na?", meinte Nobuo und schaute ihm mit einem hänselnden Blick tief in die Augen.

„Er hat wieder aufgehört. Dabei hatte ich ihm schon eine Kendō-Ausrüstung gekauft."

In ihren Worten klang ein vorwurfsvoller Ton mit, weil Mutsu nie etwas lange durchhielt, egal, was er auch machte.

„Aber darin schwitzt man so. Und es stinkt …"

Auf seine Worte hin fingen alle im Wohnzimmer an zu lachen, weil es weder eine richtige Ausrede noch eine wirkliche Kritik war.

„Ah, Opa ist gekommen!“, sagte da Nobuo plötzlich mit lauter Stimme auf der Veranda und stand auf.

Daraufhin drehten sich alle im Wohnzimmer gleichzeitig in Richtung Küche um, und da stand mein Vater.

„Wir haben lange nichts von uns hören zu lassen.“

Yukari legte das Sitzkissen, auf dem sie gesessen hatte, hastig zur Seite, legte die Hände ordentlich vor sich auf die Tatami und senkte den Kopf.

„Ah … Ihr seid schon da?“

Als ob er das erst gerade bemerkt hätte, hob er die rechte Hand zum Gruß.

„Danke.“ Ich erwiderte seinen Gruß nur der Form halber. Obwohl er in Wirklichkeit zweifellos aus seinem Zimmer gekommen war, weil er das Lachen gehört hatte, war es ihm wohl peinlich, uns darüber aufzuklären.

Das war seine Art einer unausgereiften Inszenierung – er tat so, als ob er in dem Zimmer im japanischen Stil hinter dem Wohnzimmer etwas zu tun gehabt und auf dem Weg dorthin bemerkt hätte, dass ihn jemand angesprochen hatte. Wie ich erwartet hatte, ging er nicht in Richtung des besagten Zimmers, sondern kehrte in das Sprechzimmer zurück, aus dem er gekommen war.

„Obwohl er das doch genau gewusst hat …“

Meine Schwester und ich empfanden dasselbe, und sie murmelte laut genug, so dass man es gut hören konnte.

„Entschuldigt bitte, diese Unfreundlichkeit …“

Mutter neigte ihren Kopf vor Yukari und goss Gerstentee in ihr Glas.

„Aber nein, unser Vater war vom selben Schlag“, sagte Yukari und trank einen Schluck aus dem Glas, das sie mit beiden Händen festhielt.

„Als Junpei das erste Mal seine Braut hierher mitbrachte, hat er sich auch sofort in seinem Sprechzimmer versteckt.“ Während auf Mutters Gesicht gleichzeitig ein Ausdruck der Kritik an Vater und der Liebe zu Junpei erschien, nahm sie sein Bild, das auf dem Altar stand, in die Hand. Um von meiner Mutter in diesem Zustand wegzukommen, stand ich auf und ging eine Zigarette rauchen.

Als ich dann mit der Melone in der Hand die Badezimmertür öffnete, fielen mir als erstes die Zahnbürsten auf der Waschmaschine auf. Zwischen einer blauen und einer pinkfarbenen Zahnbürste stand eine kurze grüne mit einem Froschkopf. Bestimmt war meine Mutter sofort, nachdem sie gestern den Telefonhörer aufgelegt hatte, losgestürzt, um einzukaufen.

Die Wassermelone in beiden Armen, öffnete ich die Glastür und betrat das Innere des Badezimmers. Es wirkte insgesamt irgendwie verrußt und so dunkel, dass man das Licht einschalten wollte, obwohl es Mittag war. Es war eine Weile her, dass ich es zu Gesicht bekommen hatte, und in der Zeit war die Badewanne schwarz geworden. Weiter waren da einige zerbrochene Fliesen neben dem Abfluss zusammengelegt worden, die vom Boden stammten oder von der Wand gefallen waren.

„Es ist furchtbar anstrengend, das Bad sauberzumachen. Vor allem geht es auf den Rücken."

Mutter benutzte als Ausrede für die Unordnung im Haus, dass Vater im Haushalt keinen Handgriff getan habe. Aber das war schon lang nicht mehr das Problem. Es stand, seitdem es gebaut wurde, nun schon dreißig Jahre, und das Haus selbst wurde langsam renovierungsbedürftig. Mich überkam das Gefühl, dass ich etwas gesehen hatte, was ich nicht hätte sehen sollen. Ich legte schleunigst die Melone in die Waschschüssel und drehte energisch den Wasserhahn auf.

Das Haus, in dem wir gewohnt hatten, als ich klein war, hatte keinen Wasseranschluss, und neben dem Kücheneingang gab es einen von den Anwohnern gemeinschaftlich genutzten Brunnen. Für eine Wohngegend im Tokyo der 40er Jahre der Shōwa-Zeit[8] (1965~1975) war das mit Sicherheit schon ein recht seltener Anblick. Es war für mich, bevor ich in die Grundschule ging, eine ziemliche Schwerstarbeit, für das Bad mit dem Brennholz Feuer zu machen, und selbst als wir schon Propangas hatten, musste ich immer noch das Wasser mit Eimern aus dem Brunnen schöpfen. Mutter soll diese Arbeit alleine erledigt haben, bevor mein Bruder in die Grundschule kam. Wenn wir damals eine Wassermelone essen wollten, schlepp-

---

[8] Shōwa-Zeit (1912–1989).

ten wir einen Waschbottich zum Brunnen, füllten ihn mit Wasser und kühlten die Melone darin. Schon allein den Anblick zu sehen, wie meine Familie meist im Sommer mit anderen Familien aus der Nachbarschaft zwei, drei Bottiche zum Brunnen brachte, ließ mein Herz freudig höher schlagen. Wenn wir heute eine Wassermelone essen wollen, dann kaufen wir nur noch die schon im Voraus herausgeschnittenen Stücke. Weil sie klein sind, kann man sie problemlos in den Kühlschrank packen. Mit einer großen Anzahl von Leuten zusammen eine Wassermelone im Ganzen zu essen, war wohl ein Luxus, der nur bei solch einer Gelegenheit zu haben war.

Als ich eben so viel Wasser eingelassen hatte, dass es gerade nicht überlaufen und kein Wasser verschwendet würde, entdeckte ich im Bad etwas Silberfarbenes, das ich noch nie gesehen hatte. Es handelte sich um eine Haltestange, die wohl erst kürzlich neben dem Spiegel vor der Wanne angebracht worden war. Sie stach aus der Umgebung mit ihren stumpfen Farben heraus, und ihr Glanz wies keinen einzigen blinden Fleck auf. Als mir dieses Glänzen ins Auge fiel, herrschte in meinem Herzen für einen Moment ein Tumult.

Früher übernahm mein älterer Bruder immer beim Großputz das Bad, während mir der Hauseingang überlassen wurde. Ich reihte alle Schuhe vor dem Hauseingang auf und polierte jeden einzelnen gründlich. Meine Schwester hingegen war überall und nirgends zu sehen, nörgelte herum, und, bevor man es richtig merkte, schwatzte sie schon wieder mit Mutter in der Küche. Diese Erinnerungen an die Silvestertage früher kamen mir plötzlich in den Sinn, ohne dass ich recht wusste warum.

Ich griff mit der rechten Hand nach der Haltestange. Die Kälte des glatten Metalls durchdrang die Haut meiner Hand.

Auf der Uhr war es schon nach zwölf. Wir saßen um den Küchentisch herum und halfen meiner Mutter bei der Zubereitung des *tempura*[9], indem wir mit Zahnstochern Löcher in die Paprikaschoten stachen oder zur Vorbereitung für das *kakiage*[10] Maiskörner herauslösten. Atsushi, der neben mir saß, stellte sich bei dieser Arbeit äußerst ungeschickt an und seine Hand wurde durch den Saft des zerdrückten Maises ganz klebrig.

---

[9] *Tempura*: siehe Glossar.

[10] *Kakiage*: siehe Glossar.

„Schau mal, wenn du das Daumengelenk so benutzt, gehen sie gut ab.“

Ich zeigte ihm, wie man die Körner vom Kern des Maiskolbens entfernt.

„Das machst du gut“, sagte Yukari anerkennend.

„Das ist nur, weil das halt früher immer meine Aufgabe war“, antwortete ich in einem etwas angeberischen Tonfall.

Tempura hieß seit meiner Kindheit bei uns regelmäßig geschnetzelter frittierter Mais. Mutter sagte oft, dass der Mais beim Frittieren um eine Stufe süßer werde als beim Kochen oder Braten.

Nobuos Kinder, die gerade vom Spielen zurückgekommen waren, tranken neben der Spüle kalten Gerstentee und hatten dabei die Kühlschranktür offen stehen lassen. Die Pose, mit der Mutsu neben Nobuo stehend dessen Haltung imitierte und beim Trinken die Hand auf die Hüfte stützte, reizte mich zum Lachen.

„Tatsächlich, Omas Gerstentee ist lecker…“

Nobuo lachte klangvoll wie jemand aus einem Fernsehspot. Ob es daran lag, dass er so sonnengebräunt war – jedenfalls stach einem das Weiß seiner Zähne überdeutlich ins Auge.

„Das da ist eine Packung aus dem Supermarkt. Früher habe ich den Tee zu Hause noch selbst gekocht.“

„Ach so? Dann liegt es wohl am guten Wasser.“

Nobuo sah sich die Tasse in seiner Hand genau an.

„Das ist nur Leitungswasser.“

Egal, worum es in einem Gespräch zwischen den beiden ging – sie redeten immer aneinander vorbei.

„Du bist unmöglich“, sagte meine Schwester, die neben meiner Mutter an der Spüle stand und Krabben pulte, und drehte sich zu ihm um. Sie pflegte zu sagen, dass Nobuo mit dem Essen von Familien-Restaurants groß geworden und da sein Geschmack davon geprägt worden sei, schmecke alles, was sie koche, für ihn gleich. Sie benutzt das als Ausrede, um sich nicht viel Mühe beim Kochen machen zu müssen. In dieser Beziehung ähnelten sich meine Mutter und meine Schwester deutlich.

„Nun ja, solange es gut schmeckt, ist es doch egal, was es ist.“

Mutter drehte uns weiterhin den Rücken zu und lachte.

Nobuo goss sich ein zweites Glass Gerstentee ein und äußerte zustimmend: „Ja, das stimmt.“

„Was habt ihr gestern Abend gegessen?“

Auf die Frage meiner Schwester hin riefen ihre beiden Kinder gleichzeitig mit fröhlicher Stimme: „Sushi!“

„Hei.“ Nobuo wandte sein Gesicht den beiden zu. Es schien so, als ob es ein Geheimnis bleiben sollte.

„Ich hab doch gesagt, es würde heute Sushi geben.“

Meine Schwester starrte Nobuo verärgert an.

„Das war Laufbandsushi. Laufbandsushi, sicher.“

Nobuo suchte verzweifelt nach einer Ausrede.

Nach diesem Wortwechsel zu urteilen, hielt meine Schwester sicher fest ihren Daumen auf dem Geld.

„Ich wusste nicht, ob mein Essen reichen würde und habe Sushi bestellt, aber das habt ihr ja schon gestern gegessen.“

Während Mutter das sagte, schweifte ihr Blick über das Schweinefleisch, den Thunfisch, den Rettich, die Karotten und den Kartoffelsalat, die auf dem Tisch aufgereiht standen.

„Das ist auch gut so. Ich habe nämlich kein Sushi gegessen“, setzte meine Schwester schmollend dagegen.

Seit ihrer Kindheit war Sushi das Lieblingsessen meiner Schwester.

„Ich kann jeden Tag Sushi essen.“

„Jeden Tag!“

Mutsu, wieder einmal Nobuo nachahmend, erhob erneut auffällig laut seine Stimme.

„Wisst ihr, das Kiefern-Sushi[11] ist bei denen auch längst nicht mehr, was es war, seit der Sohn das Geschäft übernommen hat“, sagte meine Mutter und verzog das Gesicht dabei.

„Also das Seeigel-Sushi, also das Gunkan-Sushi, ist nicht mehr mit Seetang, sondern mit Gurke. Aber das mag ich auch.“

„Ich habe zwar für alle Fälle ‚de luxe‘ bestellt… aber Seeigel war nicht mit dabei. Soll ich noch mal kurz anrufen?“

Während Mutter sich die Hände an ihrer Schürze abwischte, machte sie Anstalten, zum Telefon im Flur zu gehen.

„Schon gut, doch nicht extra meinetwegen“, meinte meine Schwester.

Nachdem Satsuki und Mutsu ihren Gerstentee ausgetrunken hatten, schauten sie, sich gegenseitig wegschubsend, in den Kühlschrank, und

[11] Kiefern-Sushi: die teuerste Sushi-Menü-Variante.

begannen diesmal nach Eis zu suchen. Ich konnte für einen kurzen Augenblick einen großen Becher Lady-Borden-Eis sehen.

„Vor dem Essen bitte nur eins“, sagte meine Schwester kurz und streng.

„Ist doch in Ordnung, dafür habe ich es doch gekauft.“

Mutter war bei ihren beiden Enkelkindern immer so.

„Es ist schön, was, dass in Omas Haus nie jemand schimpft.“

„Ich habe das Haus von Oma ganz doll lieb“, rief Mutsu wieder mit lauter Stimme.

Obwohl der Altersunterschied zu Atsushi nur ein Jahr beträgt, hatte er immer noch etwas Kindlich-Naives.

„Oh das ist aber schade… wenn du nicht ‚das Haus von Oma‘ gesagt hättest, hätte ich euch noch ein Eis gegeben.“

Während sie das sagte, lächelte Mutter fröhlich.

„Schon fertig, schaut mal“, frohlockte ich und zeigte das volle Bambussieb mit den abgelösten Maiskörnern Mutter und meiner Schwester.

„Schön!“, wisperte Yukari, als sie das strahlende Gelb sah.

„Nicht wahr?“, erwiderte ich, in der Stimmung, mich selbst zu loben. Als ich das Sieb auf und ab schwang, machte der Mais beim Springen ein knirschend trockenes Geräusch. „Das ist wie früher“, kommentierte meine Schwester nostalgisch, als sie das hörte. Mutter, die neben meiner Schwester stand, lauschte mit einem Lächeln im Gesicht ebenfalls dem Geräusch.

„Puff, Puff.“

Der Mais in der *tempura*-Pfanne platzte auf.

„Ohh!“

„Au, heiß!“, ließ meine Mutter dabei mit lebhafter Stimme vernehmen.

„Mit Mais gibt es das wohl selten, oder?“, sagte meine Schwester aus sicherer Entfernung zu Yukari neben ihr.

„Macht man doch überall so, oder?“, beeilte sich Mutter schnell zu sagen, ehe Yukari antworten konnte.

„Macht man nicht, oder“, sagte meine Schwester.

„Ich kenne eigentlich nur gebratenen oder gekochten Mais“, antwortete Yukari und legte ihren Kopf zweifelnd zur Seite. Ich erinnerte mich ebenfalls nicht, irgendwo bei einer anderen Familie einmal frittierten Mais gegessen zu haben.

„Wer hat dir das beigebracht – Oma?“, fragte meine Schwester Mutter.

„Hmm, wer war das nochmal …“, antwortete sie.

„Ist es ein Originalrezept von Ihnen?“, fragte Yukari daraufhin.

„Genau wie die Blumen wahrscheinlich.“

Meine Schwester reagierte damit auf Yukaris Frage und zuckte mit den Schultern. Meine Mutter wich dem aufspritzendem Öl aus, indem sie die Hüfte nach hinten nahm, und verteilte den fuchsrot gewordenen frittierten Mais mit Stäbchen einzeln auf die Teller.

„Gleich wird er aus seinem Zimmer kommen. Auch wenn er schlechte Augen hat, seine Nase ist noch gut.“

Gerade als meine Schwester Yukari dies zugeflüstert hatte, kam mein Vater tatsächlich in die Küche. Daraufhin sahen sich beide an und kicherten.

Mein Vater steuerte direkt auf den Tisch zu, an dem Atsushi und ich saßen. Dann griff er mit bloßen Händen schwups nach dem frittierten Mais und begann ihn im Stehen zu essen.

„Er kann einfach nicht bis zum Abendessen warten. Sobald er das Geräusch hört, kommt er herunter und isst alles auf, sobald es fertig ist …“, sagte Mutter, ihr Gesicht der Pfanne zugewandt.

Yukari schaute fragend in mein Gesicht.

„Weil es das Leibgericht meines Bruders war …“, sagte ich. Yukari gab mit einem deutlichen Nicken zu verstehen, dass sie begriffen hatte.

„Atsushi, du magst Mais doch sicher auch.“

„Normal … ist das“, antwortete Atsushi und achtete ebenfalls darauf, meiner liebevoll fragenden Mutter höflich zu antworten, indem er nach kurzer Überlegung ein „ist das“ hinzufügte.

„Ich denke auch, dass das normal ist“, flüsterte meine Schwester ihm zu, mit so leiser Stimme, weil Mutter es nicht hören sollte.

„Iss reichlich davon, verstanden?“

Yukaris Gesicht zeigte ein Lächeln bei diesem Satz, aber ihr Blick war so streng wie immer, wenn sie ihn ausschimpfte.

Nobuo und die Kinder hatten den Mais gerochen, als sie im westlich eingerichteten Zimmer auf dem Klavier spielten, und kamen mit tapsenden Schritten angelaufen. „Greift zu, solange es noch warm ist!“, sagte meine Mutter und zeigte mit den Essstäbchen auf den Teller. Nachdem alle gleichzeitig „Guten Appetit“ gerufen hatten, streckten sie ihre Finger nach dem frittierten Mais, als ob sie im Wettkampf miteinander stünden.

„Soll ich ein wenig Soja-Soße darauf träufeln?“, fragte meine Mutter strahlend. Nobuo meinte wieder laut, den Mund voll mit frittiertem Mais und mit geblähten Backen: „Der ist aber süß!“

„Bevor wir hierher gezogen sind, gab es neben unserem Haus in Itabashi ein Maisfeld“, begann meine Mutter zu erzählen, während sie neuen Mais in die Pfanne tat.

„Eines Abends bin ich heimlich dahin geschlichen und ...“ – „Hast du ihn geklaut?!“ Yukari drehte sich erstaunt nach meiner Mutter um.

„Vater war's!“ Während meine Mutter mit den Stäbchen in der Pfanne rührte, musste sie beim Gedanken an die Erinnerung lächeln.

„Es ist schon Jahre her. Die Geschichte ist schon vor dreißig Jahren passiert“, mischte sich Vater ausnahmsweise mal ins Gespräch. Ein Lächeln tauchte in seinen Mundwinkeln auf. Er setzte sich zu Atsushi und griff nochmals nach dem *tempura*.

„Sofort am nächsten Tag machten wir *tempura*. Und gerade als ich dabei war, den Mais zu frittieren, hörte ich ein ‚Entschuldigung‘ von der Tür her.“ Daraufhin drehte sich meine Mutter zu allen in der Küche Versammelten um, ließ ihren Blick über sie hinwegschweifen und fuhr mit der Geschichte fort.

„Der Bauer, dem das Feld gehörte, hat gesagt: ‚Weil der Mais so gut geraten ist, wollen wir Ihnen etwas abgeben‘. Er trug den Mais in den Armen. Und genau wie heute machte es ‚Puff-Puff‘.“

„Oh oh oh!“, rief Yukari, schaute Mutter an und forderte sie mit ihrem Blick auf, die Geschichte weiterzuerzählen.

„Immer wenn wir *tempura* machen, wird diese Geschichte erzählt“, machte sich meine Schwester darüber lustig.

„Mir war das hochgradig peinlich“, fügte Vater hinzu und lachte dabei. Es war lange her, dass ich meinen Vater habe so lachen hören.

„Junpei darauf: ‚Mutter, dann hättest du doch gar nicht extra Mais bei dem Gemüsehändler kaufen müssen.“ Mutter machte bei diesen Sätzen den Tonfall meines Bruders nach.

„Er war ja in solchen Situationen ganz fix“, sagte mein Vater nostalgisch, und sein Gesichtsausdruck wurde um die Augen herum irgendwie weicher.

Danach spannen Mutter und meine Schwester den Faden fort: „Du, war das damals mit ihm nicht genauso?“, und redeten eine ganze Weile darüber, wie reaktionsschnell, beliebt und clever er gewesen sei.

In dem sechs *tatami*, also etwas mehr als zehn Quadratmeter, großen Zimmer in unserem Haus in Itabashi zeigte das Fenster nach Süden. Der Platz vor dem Fenster wurde zum Trocknen der Wäsche benutzt, und dahinter breitete sich bis zu der Straße, auf welcher der Bus fuhr, ein Maisfeld aus. Wenn es Sommer wurde, reihte sich ein üppig grünes Blatt an das andere, und der Mais wuchs bis zu einer Höhe, bei der man den Himmel vom Fenster aus nicht mehr sehen konnte.

„Ich bin es echt leid, dass die Wäsche nicht mehr richtig trocknet", sagte Mutter mit ärgerlichem Blick, während sie die Augen zum Himmel richtete, aber wir Kinder haben oft in dem Mais Verstecken gespielt. Ich mochte es aus irgendeinem Grund, zu sehen, wie nach einem Taifun der Mais vom Wind niedergedrückt oder umgeknickt worden war. Wohl wegen der Hochwachstumsphase in den Sechziger Jahren verschwand über Nacht der Raum für Brachland und Felder. Mit ihm ging auch unser Platz zum Spielen verloren und wich einem Lagerplatz für das Material einer Baustelle. Auch aus unserem Maisfeld wurde von heute auf morgen ein Autofriedhof.

„Also ehrlich, das ist hier doch keine Müllhalde", regte sich meine Mutter auf, wenn sie die Wäsche zum Trocknen aufhängte.

In Wirklichkeit hatten wir im Zeitraum von nur zwei Jahren von unserem Fenster auf das Maisfeld blicken können. Aber jedes Mal, wenn ich heute an unser Haus damals zurückdenke, kommt mir wieder diese Aussicht aus unserem Fenster auf das Maisfeld in den Sinn.

Dass wir von dem älteren Besitzer des Maisfeldes Mais bekommen hatten, ist eine wahre Geschichte. Aber nicht mein Bruder, sondern ich hatte schlagfertig „doch nicht extra bei dem Gemüsehändler" gesagt. Es war zweifellos so, dass eher mein Bruder als ich es hätte sagen können. Aber gerade deswegen erinnerte ich mich so gut daran, dass es meine Worte gewesen waren. Dies war zu unwichtig, um darauf einzugehen, und es war auch nicht so, dass ich die Gefühle meiner Mutter nicht verstehen konnte, wenn sie sich einbildete, dass mein Bruder diese Äußerung getan hätte. Daher hatte ich mir erlaubt zu schweigen und es dabei zu belassen, allen nur zuzuhören.

Wie mir meine Schwester aufgetragen hatte, ging ich in den ersten Stock, um den niedrigen Esstisch aus meinem Zimmer zu holen. Wenn man die steile Treppe, die von der Seite des Eingangs zum westlich eingerichteten Zimmer hinauf führte, empor gestiegen war, lagen dort rechts das Zimmer meines Bruders und links meins. Eigentlich wollte meine Schwester mein Zimmer haben, aber wir beiden Jungen bekamen den Vorrang, wie es der Vorstellung meines Vaters entsprach. Schließlich erhielt meine Schwester, um sie zu besänftigen, von Mutter das sechs Tatami große Zimmer neben dem Flur, in das kaum Licht fiel, zugeteilt. Meine Schwester trägt uns dies bis heute nach.

Als ich die Tür öffnen wollte, stieß sie an zwei Staubsauger, die in der Nähe des Eingangs abgestellt worden waren. Mit Gewalt drückte ich sie auf, und als ich das Zimmer betrat, war es mit einem Berg von Zeugs dermaßen zugestellt, dass man kaum einen Fuß hineinsetzen konnte. Neben den neu erworbenen Staubsaugern gab es einen Gymnastikball, Hanteln und andere Sportgeräte, und weiter Videos und DVDs der „Großen Sammlung von Liedern der Shōwa-Zeit (1926–1989)“ und „Dokumentation der Shōwa-Zeit (1926–1989)“ und so weiter, die wahrscheinlich beim Versandhandel gekauft worden waren. Dieser Kram stand die ganze Wand entlang aufgereiht. Natürlich gehörte nichts davon mir. Mitten im Zimmer befand sich das Sportgerät Rodeo Boy, von dem man noch nicht einmal die Plastikplane vom Kauf entfernt hatte. Wieso war das Zimmer des toten Bruders völlig unverändert und das des lebenden eine Rumpelkammer? Ich bekam Lust, deswegen eine bösartige Bemerkung zu machen.

In dem Zimmer meines Bruders hatte es in den fünfzehn Jahren keine Veränderung gegeben. Mutter hätte es nicht zugelassen. In letzter Zeit hatte außer Mutter niemand mehr das Zimmer betreten. Wenn Mutter es von Zeit zu Zeit sauber machte, nahm sie die Fotoalben aus den Schubladen und schwelgte in ihren Erinnerungen.

„Ihr Seufzen, das man bis hier unten hören kann, macht mir Angst“, hatte mir meine Schwester heimlich verraten.

Ich setze mich auf den Rodeo Boy und dachte an ihre Bemerkung, während ich das alte Plakat des Baseballclubs Taiyō Whales aus Yokohama an der Wand betrachtete. Da kam meine Schwester die Treppe zu mir herauf. Ich ließ mit genervter Miene theatralisch meinen Blick durch das Zimmer schweifen. Sie blieb in der Tür stehen und zuckte nur mit den Schultern – was soll ich da machen?

„Sie ist ja schon ein bisschen senil. Das braucht doch niemand, das Zeug hier …“, sagte ich, stand auf und klopfte auf den Sitz des Rodeo Boys.

„Ist sie nicht einfach einsam?“, fragte meine Schwester.

„Wieso?“

„Wieso wohl“, antwortete meine Schwester, sah mich mit einem Gesichtsausdruck an, der sagen sollte: das weißt du doch genau, und kam ins Zimmer herein. Ich fühlte mich gerade durch das, was sie nicht aussprach, unter Druck gesetzt, als jemand, der seine Eltern lange Zeit nicht besucht und seine Pflichten ihnen gegenüber nicht erfüllt hatte. Wir zogen zu zweit den niedrigen Esstisch, der dort zwischen Rodeo Boy und meinen Schreibtisch geschoben stand, heraus und hoben ihn hoch. Er war viel schwerer, als ich gedacht hatte.

„Sag mal, was sagen die beiden denn darüber?“, fragte ich das, was mir die ganze Zeit im Kopf herumgegangen war.

„Häh? Über was denn?“

„Über Yukari.“

„Nichts, wieso denn?“

Meine Schwester begann zu lächeln und schaute in mein Gesicht.

„Stört sie etwas an ihr, dass sie schon mal verheiratet war, so was?“

„Warum denn bloß? Hast du doch großartig hingekriegt. Die ist viel zu schade für dich“, wiederholte meine Schwester, was sie schon zuvor gesagt hatte.

Da meine Schwester im Gegensatz zu mir ein fröhlicher Mensch war, hatte sie von klein auf einen großen Freundeskreis. An der Universität amüsierte sie sich, wo sie nur konnte. Nach drei oder vier Jahren, in denen sie arbeitete, verließ sie aus Anlass ihrer Hochzeit die Firma und genoss ihr Leben als Hausfrau. Sie nahm Klavierunterricht oder lernte Blumenstecken, aber hielt nichts lange durch. Das Gen für diesen Mangel an Ausdauer hatte sie vielleicht ihrem Sohn Mutsu vererbt.

„Wenn sie es bloß lange in der Ehe aushält“, hatte sich Mutter Sorgen gemacht, aber diese hatten sich als unbegründet herausgestellt. Weil sie eine Schönheit war, mit einem Gesicht, das dem meines Vaters ähnelte, und einem schmalen, geraden Nasenrücken, hatte sie zweifellos die freie Auswahl unter einer Vielzahl von Verehrern, die sie heiraten wollten.

„Obwohl es doch genug andere gab …“, zeigte sich Mutter mir gegenüber verwundert und legte zweifelnd den Kopf zur Seite. Das hatte sie bestimmt auch gegenüber meiner Schwester gemurmelt, wenn ich nicht dabei war.

Als wir noch zu fünft zu Hause lebten, kam einmal das Gespräch darauf, wer von uns drei Geschwistern am beliebtesten war. Was die Anzahl von Valentin-Schokoladen-Geschenken und die Liebesbriefchen anging, war mein Bruder einsame Spitze. Mutter fiel den anderen ins Wort und ergriff damals ausnahmsweise mal meine Partei: „Auf der Abschlussfeier der Mittelschule waren nachher alle Knöpfe von Ryōtas Schuluniform weg.“

„Das war doch bestimmt nur Mobbing, oder?“, zog mich meine Schwester durch den Kakao und lachte zusammen mit meinem Bruder.

„Das stimmt nicht. Sie haben sie als Erinnerungsstücke haben wollen. Da stand eine ganze Schlange von Mädchen, jawohl“, wandte sich Mutter Zustimmung heischend an mich. Ich lächelte vage und stand von meinem Sitz auf. Ich hasse es gestern wie heute, mit meinem Bruder verglichen zu werden. Mein Bruder, der in der Schule wie im Sport überall zu den Besten gehörte, war sicherlich beliebt, und dabei ein guter, auch nicht hinterhältiger Junge gewesen.

Naja, für mich als jüngeren Bruder war sein Mangel an Hinterhältigkeit selbst schon eine Hinterhältigkeit. Als ich auf die gleiche Mittelschule wie mein Bruder ging, wurde ich mein ganzes Schulleben hindurch fortlaufend von den Lehrern gefragt: „Bist du nicht dieser kleine Bruder von Yokoyama“ – das war mein Alltag auf der Schule. Ob es sich um Musik, Mangas oder Romane handelte – all die interessanten Dinge hat mir größtenteils mein großer Bruder beigebracht. Ein vier Jahre älterer Bruder erscheint dem Jüngeren schon als ziemlich erwachsen. Wenn ich mich jetzt daran zurückerinnere, denke ich, dass ich als Teenager einen großen Minderwertigkeitskomplex hatte. Deshalb begann ich mir in dieser Zeit ganz bewusst zu überlegen, einen anderen Weg als mein Bruder einzuschlagen. Mein großer Bruder bekam auf dem Zeugnis nur in dem Fach Werken und Zeichnen kein „sehr gut“. Und als ich auf die Grund- und Mittelschule ging, war meine einzige hervorragende Leistung gerade in Werken und Zeichnen.

„Du hast ja ein ziemliches Talent im Zeichnen, aber wird dir das in Zukunft irgendwie nützen?“, murmelte mein Bruder, als er das „sehr gut“ auf meinem Zeugnis sah, und schien sich darüber zu ärgern. Ohne mich mit jemandem zu beraten, legte ich bei einer Kunsthochschule in Tokyo die Aufnahmeprüfung ab und verließ so mein Elternhaus. Da war ich achtzehn Jahre alt.

Auf der Stufe, die den Eingangsbereich vom Inneren des Hauses trennt, hatte nun Komatsu – der Name bedeutet so viel wie „kleine Kiefer“ – vom Sushi-Laden „Die Kiefer“ Platz genommen und begann zu plaudern. Auf seiner weißen Arbeitskleidung war ein Bambusmuster aufgedruckt. Ich fragte mich belustigt, warum es wohl Bambus war, obwohl der Laden doch „Kiefer“ hieß, und mir war zum Schmunzeln zu Mute. Da er das Haar im Stil eines Handwerkers hinten kurz geschnitten trug, sah er schon ein wenig älter aus – dabei waren wir nur ein Jahr auseinander.

„Nein, nein. Vater wird langsam senil und kann sich einfach nicht mal mehr die Bestellung merken. Er hat in der ganzen Zeit dem gleichen Gast immer wieder den teuren *toro*-Thunfisch gebracht.“

Komatsu hatte erfolgreich den Laden seines Vaters übernommen und soll zu der Zeit sogar einen jungen Angestellten beschäftigt haben.

„Das ist doch klasse. Sollen wir nächstes Mal alle zusammen hingehen?“

Meine Schwester drehte sich zu mir um, wie ich da auf der Treppe saß, und lachte.

„Bitte nein! Ich geh doch pleite. Der Spaß geht etwas zu weit, Chinami …“

Auf der örtlichen Mittelschule war Komatsu eine Klasse unter meiner Schwester gewesen. So eine Art von hierarchischer Beziehung überdauert die Jahre.

Draußen war es wohl so heiß wie im Hochsommer. Komatsu trank den bereitgestellten Gerstentee mit Genuss. Im Glas erzeugte das Eis ein wohlklingendes Klirren.

Der Ladenbesitzer eine Generation zuvor mit seinem viereckigen Gesicht war ein ruhiger und geschickter Sushi-Meister gewesen, der auch bei den anderen Ladenbesitzern in der örtlichen Ladenstraße hohe Wertschätzung genoss. Ich erinnerte mich daran, dass er zur

Zeit des örtlichen Festes in seinem Festkittel in der hintersten Ecke des Zeltes des Selbstverwaltungsrats saß und alle dorthin gingen, um ihm ihren Gruß zu entrichten. Mutter behauptete, dass sich der Geschmack des Sushis geändert habe, seitdem die Generation des Sohnes, der da vor ihr saß, das Sushi brachte.

„Die Schwiegertochter bei denen taugt überhaupt nichts." Obwohl Mutter sich hinter ihrem Rücken gehässig über sie äußerte, brachte dies sie dennoch nicht dazu, sich das Sushi von einem anderen Laden liefern zu lassen. Auf jeden Fall erst einmal andere schlecht zu machen – dieses Verhalten war ihr in den vielen Jahren zur Gewohnheit geworden.

„Wie alt ist er? Ihr Vater…"

„Ähm …" – nachdem er einen Augenblick überlegt hatte, sagte Komatsu:

„72 vielleicht."

„Nein, dann ist er doch genauso alt wie unserer da."

Meine Schwester zeigte verwundert auf das Sprechzimmer.

„Ach so? Der Herr Doktor sieht aber noch jung aus, nicht wahr? Wirklich rüstig!"

„Rüstig? So nennst du den da?"

Meine Schwester schüttelte anscheinend angewidert den Kopf.

„Er genießt sicher den Ruhestand, nicht wahr? Beneidenswert."

„Ich glaube, er selbst hätte gerne weitergemacht, aber er hatte Probleme mit den Augen. Was war es nochmal? Grauer Star?"

Das musste ich ungefähr vor drei Jahren von unserer Mutter am Telefon erfahren haben.

„Falsch, es war der grüne", sagte meine Schwester und deutete auf ihre eigenen Augen.

Worin der Unterschied besteht, wusste ich nicht, und es interessierte mich auch nicht.

„Aber in der Nähe wurde doch ein großes Klinikum gebaut, das war doch sicher ein guter Vorwand, aufzuhören, oder?"

„Sein Stolz wurde dadurch nicht verletzt!"

Ich deutete mit meinem Kinn in Richtung Sprechzimmer, während ich das sagte.

„Die Sushi sind da", ließ meine Mutter von der Küche aus vernehmen.

„Jaaa", antworteten Satsuki und Mutsu vom Hof her.

Mutter kam mit einem Geldschein in der Hand herbei und setzte sich neben meine Schwester. „Hier, 20.000 Yen." Komatsu erhob sich und schaute in die Hüfttasche, die er um seine Taille geschnallt hatte.

„Also, das Wechselgeld beträgt 3000, und noch mal 200 Yen."

„Gib uns etwas Rabatt! Wir haben doch so viel bestellt."

„Ich bitte dich! Ich habe doch extra den Seeigel mit hinzugetan, ohne meiner Frau etwas zu sagen."

Also hatte meine Schwester, auch wenn sie „Du brauchst doch nicht extra …" gesagt hatte, doch meine Mutter letztendlich dazu gebracht, zum Telefonhörer zu greifen und den im „Sushi de luxe" nicht enthaltenen Seeigel zusätzlich zu bestellen.

Satsuki und Mutsu kamen herbeigelaufen, wobei jeder der Erste sein wollte, und beide hoben die Sushi-Platten, die auf dem Boden im Eingang standen, mit beiden Armen umfassend hoch.

„Ist das nicht das Satsuki-lein? Du bist aber gewachsen", sagte Komatsu und blickte dabei in ihr Gesicht.

„In den Sommerferien 1,5 Zentimeter." Bei der Antwort zeigt Satsuki wieder ihre weißen Zähne. Eine der beiden Sushi-Platten mit großer Vorsicht vor der Brust vor sich her tragend, drehte sie sich zu Mutsu um.

„Ich hab' mit *kendō* aufgehört", sagte er mit einem frustrierten Gesichtsausdruck und rannte ins Wohnzimmer.

„Dich hat doch keiner gefragt!", rief ihm meine Schwester nach. Alle mussten daraufhin lachen.

„Nun muss ich aber langsam …", sagte Komatsu, stand auf, noch während er lachte und leerte sein Glas mit Gerstentee.

„Ach, ich habe ja noch etwas vergessen", fügte Komatsu hinzu, wobei er in seine Gesäßtasche griff, einen gefalteten Umschlag für eine Trauergabe herausholte und, die Falten des Papiers glättend, ihn Mutter überreichte.

„Das soll ich Ihnen geben …"

Er brachte dies in einem völlig veränderten, höflichen Ton hervor.

„Oh, aber das wäre doch überhaupt nicht nötig gewesen", bedankte sich Mutter förmlich. „Wir lassen doch gar nicht mehr die Sutren für ihn lesen."

„Ja, aber meine Frau war doch in der Mittelschule eine Klasse unter Junpei. Sie hat ihm zum Valentinstag Schokolade geschenkt und so.“ Komatsu sagte dies mit einem merkwürdig gequälten Gesichtsausdruck.

„Ach so ist das? Ja, danke schön auch.“ Mutter verbeugte sich tief und hielt den Umschlag an ihre Brust.

„Hör mal, sag das doch vorher, wenn du so was mitbringst. Doch nicht nachdem ich so Sachen gesagt habe wie ‚Gib uns Rabatt‘ und so.“ Es war meine Schwester, die mit dem Gesagten die ernste Atmosphäre wieder zerstörte.

„Entschuldigung, ich bin ein absoluter Tollpatsch.“

„Da bringt man eine Trauergabe mit und macht die Leute wütend – das ist ja nicht zum Aushalten“, sagte ich lächelnd über den Rücken meiner Schwester weg zu Komatsu.

„Ja, wirklich.“ Komatsu sah mich mit einer albernen Miene an.

„Ja, kommen Sie doch rein und zünden ein Räucherstäbchen an“, sagte Mutter, die schon halb aufgestanden war, und zeigte dabei auf das Wohnzimmer.

„Nein, nein, lassen wir es dabei bewenden. Ich muss zurück. Ich mache mir Sorgen um Vater.“ Komatsu schloss energisch den Reißverschluss seiner Tasche und zu seinem „Vielen Dank für Ihren Einkauf“ verbeugte er sich und ging weg. Vom Seiteneingang bis zur Straße lagen Trittsteine. Das Geräusch seiner Holzsandalen, wenn er auf die Steine trat, entfernte sich in Richtung der sirrenden Zikaden.

„Der ist völlig erwachsen geworden …“, sagte meine Schwester.

„Er war früher ziemlich wild, wirklich.“ Er hatte die Oberschule abgebrochen und war eine Zeitlang ziemlich auf Abwegen, hatte ich gehört.

„Bei ihnen sind alle drei gerade gewachsen. Weil unser Laden nach der Kiefer benannt wurde, ist mein Sohn wohl auf krumme Wege geraten“. Komatsus Vater, der vor ihm immer zu uns kam, hatte auch bei uns im Eingang gesessen und so über seinen Sohn geklagt.

„Man weiß nie, was aus Leuten wird“, sagte Mutter, die sich wohl ebenfalls daran erinnerte, voller Ernst und spähte dabei in den Umschlag mit der Trauergabe.

„Mahlzeit“, rief Satsuki, stopfte sich das Eier-Sushi, das sie sich bis ganz zum Schluss aufbewahrt hatte, in den Mund und sprang mit großem Schwung auf.

„Hast du genug von dem Sushi?", rief ihr meine Schwester hinterher. Satsuki rannte den Flur entlang, wobei sie irgendetwas vor sich hinmurmelte. Von dem Sushi auf der Platte war noch etwa ein Drittel übrig. Man hörte, wie es im Bad klapperte, und nach einer Weile kam Satsuki mit schwankendem Gang zurück, die Wassermelone in den Armen.

„Oh, Satsuki, pass auf", mahnte Mutter, die dabei war, in der Küche grünen Tee aufzugießen. Satsuki schlängelte sich hinter dem beinlosen Sessel vorbei, auf dem Vater saß, und ging danach in Richtung Veranda. Vater verzog sein Gesicht, vielleicht, weil ihn ein paar Wassertropfen, die von der Melone getropft waren, getroffen hatten.

Er blätterte lustlos in dem Autokatalog, den Nobuo ihm mitgebracht hatte, und trank dabei das Bier, das ihm Yukari eingeschenkt hatte.

„Du bist gemein!", sagte Mutsu, der seine Schwester mit der Melone bemerkt hatte, legte hastig seine Essstäbchen zur Seite und stand auf. Beide, Satsuki und Mutsu, schlüpften in die für sie zu großen Holzsandalen auf der Veranda und gingen in den Hof.

„Ist das so gut? Sollen wir sie nicht aufschneiden?", fragte Mutter meine Schwester, die mit einem Tablett, auf dem Teeschalen nebeneinander standen, gekommen war.

„Sie machen Melonenschlagen", meinte meine Schwester in einem genervten Tonfall und aß die Sushi auf, die Satsuki übrig gelassen hatte. Die beiden wollten, wie es schien, das Melonenschlagen-Spiel machen, bei dem man mit verbundenen Augen eine Wassermelone sucht und versucht, sie aufzuschlagen.

„Atsushi, möchtest du nicht mitmachen?", fragte Mutter, die nun neben ihm saß und ihn anschaute.

„Nein, vielen Dank", lehnte Atsushi mit großer Bestimmtheit ab. Er hatte nicht das geringste Interesse an solchen Kinderspielen.

„Wirklich nicht?", fragte ihn auch Yukari, wobei ein starker Unterton von: wie wäre es, wenn du mit den anderen spielen würdest? mitklang.

Atsushi tat so, als ob er das nicht bemerken würde, nickte nur heftig und machte sich dabei nicht einmal die Mühe aufzuschauen.

Satsuki und Mutsu legten die Wassermelone auf den Rasen und kamen über die Veranda wieder ins Wohnzimmer gerannt, um etwas zum Schlagen zu finden. Auf dem Hof, der etwa fünfzig

Quadratmeter umfasste, waren Sagopalmen und Kakibäume gepflanzt worden, und es standen auch eine Reihe Bonsai-Bäumchen nebeneinander. Mein Vater hatte, als er schon die sechzig überschritten hatte, Interesse an Bonsai bekommen, nachdem ein Patient ihm das empfohlen hatte. Es war selbst für einen Laien sofort erkennbar, dass sich darunter kein einziges Bäumchen von Wert befand. Aber aus Sicht meines Vaters war es vielleicht schon genug, wenn er neben seinem Sprechzimmer einen Raum für sich selbst schaffen konnte. Wenn man von der Veranda des Wohnzimmers aus herunter stieg, stand direkt gegenüber eine Lagerströmie, die früher im Übergang vom Sommer zum Herbst voll mit roten Blüten war. Auch nun leuchteten noch Blüten rosafarben im Sonnenlicht des Septembers. Vater schien den Baum mehr zu lieben als irgendetwas anderes. Wahrscheinlich hatte er ihn zu der Zeit gepflanzt, als er auch seine Arztpraxis eröffnet hatte. Bald würde wohl der Baum aufhören zu blühen. In der Nähe der Wurzeln lagen schon verstreut verwelkte, braune Blüten. Da ich in den letzten Jahren zuvor nur zum Todestag meines Bruders zu meinen Eltern gefahren war, sah ich vom Wohnzimmer aus immer nur die Lagerströmie, wenn die Zeit der Blüte zu Ende ging. Wenn ich, was selten vorkam, einmal zu einer anderen Jahreszeit vorbeischaute – z. B. wenn die Lagerströmie keine Blüten trug –, kam es mir so vor, als ob es gar nicht mein Zuhause gewesen wäre.

„Die Blüten werden von Jahr zu Jahr blasser", murmelte Mutter jedes Jahr immer wieder, wenn diese Jahreszeit kam und sie zu den Blüten aufblickte.

„Doch wohl kaum", machte ich mich über sie lustig. Ich wusste auch dann nicht wirklich, ob das wahr war, was Mutter da behauptete, nachdem sie mir alte Fotos gezeigt hatte.

„Ihr habt im Bad eine Haltestange anbringen lassen", sagte ich zu Mutter.

„Ja, richtig. Vater ist letztes Jahr gestürzt, weißt du", meinte sie und verzog das Gesicht, und der Gesichtsausdruck von Vater, der das gehört hatte, wurde düster.

„Ja, so war das", fügte meine Schwester hinzu. Ich erinnerte mich nun endlich daran, dass sie mir das am Telefon erzählt hatte.

„Er hatte einen dicken blauen Fleck am Hintern", sagte Mutter und machte einen Kreis mit Daumen und Zeigefinger.

„Oh je, das war ja gefährlich“, staunte Yukari und machte ein besorgtes Gesicht.

Vater war ein Mensch mit viel Stolz, dem es zuwider war, wenn ihn Leute fürsorglich oder wie einen alten Mann behandelten, und er bekam besonders dann schlechte Laune, wenn Leute ihm in der Bahn ihren Sitz anboten.

„Hast du nicht die Seife, die du benutzt hast, auf dem Boden liegen lassen?“, fragte Vater und richtete nur seine Augen auf Mutter.

„Habe ich nicht!“, erwiderte Mutter gleichgültig, und gerade diese Gleichgültigkeit wirkte unverhältnismäßig verletzend.

„Da ist es, da ist es, sein spezielles ‚Schuld sind immer die anderen‘“, machte sich meine Schwester über ihn lustig. Nur meine Schwester brachte es fertig, mit Vater so zu reden.

In diesem Moment sprang Mutsu mit einem Baseballschläger in den Armen von der Veranda herunter in den Hof.

„Eh, wart' mal, wenn du damit draufhaust, kann man sie doch nachher nicht mehr essen“, und „sie geht doch kaputt!“, mischten sich die Stimmen von meiner Schwester und Nobuo, der gerade ein Bier trank. Den Schläger aus Holz, den Mutsu anschleppte, hatte ich als Grundschüler benutzt. Er war ihm wahrscheinlich ins Auge gefallen, weil er im Eingang zwischen die Schirme in den Schirmständer gestellt worden war. Satsuki schleppte auch aus der Küche eine Plastikplane, die sonst für Picknicks genutzt wurde, an und folgte Mutsu in den Hof.

„Im Bad sind ein paar kaputte Fliesen“, brachte ich das Thema wieder auf das Bad zurück.

„Alte Fliesen fallen immer ab“, stimmte Mutter zu, während sie die Teeschalen mit dem eingegossenen Tee herumreichte.

„Ah, ich repariere die später“, sagte Nobuo, die Backen voll mit Sushi.

„Das brauchst du nicht zu machen, du bist doch zu Gast hier“, erwiderte Mutter entschuldigend.

„Man ist entspannter, wenn man irgendetwas macht“, sagte meine Schwester.

„Genau wie ein Thunfisch, der stirbt, wenn er sich nicht bewegt“, scherzte Nobuo.

„Warum beherzigst du das dann nicht mal auf der Arbeit?“, murmelte meine Schwester, seufzte und legte den Kopf zur Seite.

Offensichtlich hatte Nobuo wenig Aussichten, befördert zu werden. Aber das wollte er nun bestimmt nicht ausgerechnet von mir hören.

„Und das Teil da hat er mir vor kurzem in den ersten Stock gebracht", lachte Mutter und schwang dabei mit den Hüften, als ob sie einen Tanz aufführen wollte.

„Den Rodeo Boy", erläuterte meine Schwester.

Ich drehte mich unwillkürlich zu ihr um und ließ dann langsam meinen Blick zu Nobuo weiterwandern. Ich war schon reichlich verwundert gewesen, dass jemand das schwere Ding bis in den ersten Stock geschleppt hatte, aber nun nickte ich zustimmend – na klar, das war Arbeit für einen Mann.

„Das war doch nur eine Kleinigkeit", freute sich Nobuo gelobt zu werden, ohne an meine Gefühle zu denken.

„Papaaa", „Papaaa, komm schnell", schrien Satsuki und Mutsu in voller Lautstärke vom Hof her. Zu Füßen der Lageströmie lag auf der ausgebreiteten Plastikplane schon die Wassermelone, und das Spiel konnte somit jederzeit beginnen. Die beiden Kinder versuchten sich gegenseitig das Handtuch abzujagen, mit dem die Augen verbunden werden sollten, wobei es darum ging, wer zuerst schlagen durfte.

„Ja, ich komme gleich", rief Nobuo zurück und hob, sich dem Tonfall der Kinder anpassend, die Stimme an, schob sich noch ein Sushi in den Mund, um ja nichts übrig zu lassen, sagte „Entschuldige mal" und nahm dann Vater, der neben ihm saß, den Autokatalog aus der Hand.

Vater zeigte mit seinem Gesichtsausdruck überdeutlich seine Verblüffung. Aber Nobuo kümmerte sich nicht weiter darum und hielt nun mir den Katalog entgegen.

„Du, du hast doch jetzt Familie, und wie wäre es, wenn ihr Euch so langsam mal einen RV zulegt. Ich mache dir auch einen Sonderpreis, passend für euch", und kaum hatte er das gesagt, rannte er schon hin zu seinen Kindern. Ich musste wohl oder übel einen Blick in den Katalog werfen, aber ich wusste noch nicht einmal, was eigentlich ein RV-Wohnmobil sein sollte.

„Wenn man in Tokyo lebt, braucht man gar kein Auto", bemerkte ich und legte den Katalog neben das Sitzkissen, auf dem ich saß.

„Für mich war es schon immer mein Traum, dass mich mal einer meiner Söhne zum Einkaufen fährt, weißt du." Ich hatte dieses Genörgel von Mutter schon wer weiß wie oft gehört; jetzt kam sie schon wieder damit an und fügte hinzu: „Kinder werden nie so, wie sich die Eltern es vorstellen, nicht wahr …"

Meine Schwester ließ ein boshaftes Lachen vernehmen. Sie war genau wie ich nicht so geworden, wie meine Mutter es sich erhofft hatte, aber sie war mittlerweile selbst vom Kind zur Mutter geworden und hatte somit die Seiten gewechselt. In dieser Beziehung besaß sie durchaus eine gewisse Schläue.

„Ja, so ist es, sie werden nicht so, wie man sich das vorgestellt hat", sagte Yukari und schaute uns drei an.

„Ja wirklich", und auf diese kurze Bemerkung von Mutter hin, die wie ein Seufzer klang, nickten sich die Frauen lachend zu.

„Ich fahr dich im Auto rum, egal was es kostet", sagte ich, nahm wieder den Katalog in die Hand und blätterte heftig drin umher.

„Welches gefällt dir? Das weiße hier?", fragte ich, zeigte mit dem Finger dabei auf ein Foto und hielt es Mutter hin.

„Du hast gut reden. Du hast ja noch nicht einmal einen Führerschein", warf meine Schwester ein. Vater sagte nichts und trank sein Bier, das ihm nicht zu schmecken schien.

„Möchtest du noch mehr?", fragte Mutter und streckte ihre Hand in Richtung meiner leeren Reisschale aus.

Ich signalisierte ihr kurz und knapp ein „Nein danke", indem ich auf meinen Bauch klopfte.

„Er kann doch bestimmt noch mehr vertragen, so jung, wie er ist", wandte sich Mutter Zustimmung heischend an Yukari.

„Was glaubst du eigentlich, wie alt ich bin?", fragte ich und trank meinen Tee in einem Zug aus.

„Wenn er noch dicker wird als jetzt, wäre das schlimm", befand meine Schwester und starrte dabei Yukari an.

„Sind deine Zähne auch in Ordnung?", fragte mich Mutter, während sie versuchte, mit einem Wegwerf-Stäbchen ein Maiskorn herauszuholen, das in ihren Backenzähnen stecken geblieben war.

Jedes Mal, wenn wir uns sahen, machte sie sich Sorgen um meine Zähne. Als ich einmal zu Neujahr mein Elternhaus besuchte und gerade eingeschlafen war, öffnete mir jemand den Mund, woraufhin ich von meinem Futon aufsprang. Mutter blickte vom Kopfende auf mich herunter und sagte lachend, dass sie nachsehen wollte, ob ich nicht vielleicht Karies habe. Es fraß an ihr, dass sie selbst ein künstliches Gebiss hatte, und jedes Jahr schrieb sie mit Sicherheit als letzten Satz auf die Neujahrs-Grußkarte „Geh regelmäßig zum Zahnarzt“.

Ich erinnere mich noch daran, wie meine Mutter, als sie ins Krankenhaus eingeliefert worden war und ich sie besuchen kam, sich im Gegenteil Sorgen um meine Zähne machte. Bei meiner Mutter, die eine Subarachnoidalblutung, eine Art Schlaganfall, gehabt hatte, schritt die Demenz auch nach der erfolgreichen Operation in kleinen Schritten voran. So machte sie sich Sorgen, ob Vater denn heute nicht komme, obwohl er längst gestorben war, und verwechselte das Krankenhaus mit Zuhause. Als sie einmal die Stimmen der Besucher anderer Patienten hörte, rief sie „Wer sind Sie denn, Herr Gast?“ und hatte sich schon halb im Bett aufgerichtet, um Tee einzugießen. Nach einer Weile hatte sie natürlich Yukaris Namen vergessen, kannte aber auch den meiner Schwester nicht mehr. Sie schien mit viel Mühe noch gerade so eben mich zu erkennen, aber am Ende begann sie, mich und meinen Bruder zu verwechseln. Für mich war das frustrierend. Als ein Gespräch fast schon so gut wie gar nicht mehr möglich war, machte ich meinen Mund weit auf und sprach sie an:

„Du, ich hab' hier Karies.“

Als sie das gehört hatte, schien sie plötzlich wieder bei klarem Verstand zu sein, und sie runzelte die Stirn.

„Geh zum Zahnarzt! Wenn er den Zahn ziehen muss, ist es zu spät. Wenn ein Zahn Karies hat, dann gehen auch die anderen daneben kaputt“, wiederholte sie genau, was sie auch früher auf die gleiche Weise gepredigt hatte.

Ich freute mich darüber.

Das war ganz ohne Zweifel meine Mutter.

Und dann, im nächsten Augenblick, begann vor meinen Augen diese meine Mutter zu verlöschen. Es war für mich grauenvoll, dies mit anzusehen.

Nachdem Mutter gestorben war, ging ich endlich zum Zahnarzt.

„Wenn Sie nur ein wenig früher gekommen wären, hätte ich den Zahn nicht ziehen müssen“, sagte er zu mir. Die Zahnbehandlung dauerte alles in allem ein Jahr.

Als ich damals die Frage meiner Mutter ignorierte, meinte sie erneut fragend:

„Du gehst doch sowieso nicht hin, zum Zahnarzt?“

„Ich habe so viel Arbeit“, reagierte ich genervt und holte aus der Brusttasche meines Hemdes mein Handy heraus. Ich hatte das Gefühl, dass vielleicht eine neue Nachricht für mich eingetroffen wäre.

„Pass bloß auf, du hast nämlich genauso schlechte Zähne wie ich – mach mal ‚ah‘, sieh mal, ‚ah‘.“

Mutter pflanzte ihren Körper auf den flachen Esstisch und öffnete weit ihren Mund. Bei diesem Anblick konnte sich meine Schwester nicht mehr halten vor Lachen.

„Hör bitte auf, vor den Kindern“, bedeutete ich und schaute kurz zu Atsushi hin. Ich machte ein Gesicht, als ob nichts gewesen sei, und aß ein Sushi. Es gab doch keine Nachricht auf dem Handy. Ich steckte das Handy wieder zurück in die Brusttasche meines Hemdes.

„Was gibt es? Arbeit?“, fragte meine Mutter, die das gesehen hatte, besorgt.

„Hmm. Eine dringende Arbeit, um die mich das Kunstmuseum in Setagaya[12] gebeten hat“, log ich ins Blaue hinein. Yukari, die neben mir saß, hatte bei meinen Worten aufgehört, ihre Essstäbchen zu bewegen.

„Oh, Ölgemälde?“, fragte Mutter mit freudig erregter Stimme.

„Äh …, nun ja ………… so was in der Richtung“, antwortete ich auf Mutters Frage und nickte vage. Mutter hatte zwar keine große Bildung im herkömmlichen Sinn, aber sie soll von klein auf Musik, Malerei usw. geliebt haben. Ich hatte gehört, dass sie in der letzten Zeit in so etwas wie dem neu gegründeten Club „Kotobuki“ („Glückwunsch“) lernte, wie man bebilderte Briefe verfasst. Auch auf den Postkarten, die sie mir schrieb, waren geschickt mit einem Aquarellpinsel geschaffene, farbige Bilder aufgemalt – Zitronen, Süßkartoffeln, Kaki-Früchte, Tomaten als Topfpflanzen und die Blüten der Trichterwinden. Sie malte gar nichts Besonderes. Aber gerade weil es nichts Besonderes war, bringen die Bilder mir heute lebendig das Alltagsleben von Mutter wieder ins Gedächtnis zurück. Paprikaschoten, Äpfel, Narzissenblüten, Eicheln, Auberginen und die Früchte der Mispel. Als ich einmal das von ihr gemalte Bild einer geöffneten Makrele mit den Worten „Du malst aber gut“ lobte, freute sie sich sehr darüber, und meinte: „Ich kann nun mal nicht aus

---

[12] Setagaya: der einwohnerreichste Bezirk im Westen der Stadt Tokyo.

der Fantasie malen. Mein Lehrer hat gesagt, ich soll die Dinge vor meinen Augen in aller Ruhe betrachten.“

Als ich nach ihrem Tod bei ihr die Schubladen aufräumte, fand ich zahlreiche Postkarten, auf die sie immer auf gleiche Weise eine Makrele gemalt hatte. Bestimmt hatte sie solange geübt, bis sie die Makrele gut malen konnte, und mir dann eine geschickt. Auf jeden Fall sah die Makrele auf dem Bild, das sie mir geschickt hatte, am leckersten aus.

Neben das Bild der Makrele hatte sie geschrieben: „Nimmst du auch genug Calcium zu dir?“ Wahrscheinlich hatte sie sich wegen meines Karies Sorgen gemacht. Heute werden all die Postkarten in der Schublade unseres Hausaltars sorgfältig aufbewahrt.

„Apropos Gemälde; da war doch etwas in einer der letzten Ausgaben der Zeitung – über Gemälde-Restauratoren. ‚Ärzte der Gemälde‘ hat man sie genannt“, äußerte meine Schwester, und ich bemerkte, dass Vater dabei abrupt anfing zu lachen.

„Ah, welche Zeitung war das denn?“, fragte Mutter meine Schwester.

„Was war das denn noch mal … ich schicke dir nächstes Mal eine Kopie!“

„Du versprichst das und schickst sie dann doch nie.“

„Tut mir leid“, antwortete meine Schwester mir und streckte mir die Zunge raus.

Mehr als der Wortwechsel zwischen Mutter und meiner Schwester beschäftigte mich die Reaktion von Vater. Meine Schwester hätte doch nicht extra das Wort „Arzt“ bemühen müssen, um die Arbeit eines Restaurators zu erklären.

„Nun, ein Restaurator ist sicher nicht so etwas Bedeutendes wie ein Arzt oder so. Nicht so wie eine Medizin, sondern eher wie ein Anti-Aging-Mittel“, meinte ich.

„Oh, klasse. Das wär was für mich“, scherzte meine Schwester und sah dabei Yukari an.

„Ja“, lachte Yukari und schaute zu mir hin. Es kam mir so vor, als wäre tief in diesem Lachen eine Kritik an meiner spontanen Lüge versteckt.

„Was ist das denn? Anti-Aging-Mittel?“, fragte Mutter und legte ihren Kopf zur Seite.

„Du brauchst doch sicher so etwas nicht mehr, oder?", fragte meine Schwester.

„Sie sind doch noch so jung, Frau Schwiegermutter, Sie brauchen das überhaupt nicht", sagte Yukari.

„Ich bin mir auch nicht sicher, ob ich noch so jung bin", meinte ich, und daraufhin lachten wir alle drei.

„Wie, bin ich jetzt völlig draußen?", sagte Mutter mit einem leicht schmollenden Gesichtsausdruck. Als wir drei das sahen, fingen wir wieder an, laut zu lachen. Nur Vater las unverändert schweigend die Zeitung.

„Nun, aber diese Arbeit findet in letzter Zeit endlich Anerkennung, und auch an der Universität, an der ich Examen gemacht habe, steigen die Bewerberzahlen für die Eingangsprüfungen von Jahr zu Jahr. Nur, sobald es an die Stellensuche geht, ist die Hürde doch recht hoch und der Konkurrenzdruck groß …"

Auf diese Weise schnitt ich Vater gegenüber auf, wie es nur ging. Er allerdings reagierte mit keiner Miene. Da es für meine Worte keine Adresse gab, sagte ich „ist doch so" und sah hilfesuchend Yukari an.

„Ja, scheint so zu sein …", sagte sie, und zeigte ein Lächeln, bei dem ihre Grübchen zum Vorschein kamen. Sie trank mit einem Zug das noch halbvolle Glas Bier aus. Sie hatte diesen Gesichtsausdruck immer, wenn es für sie in Wirklichkeit gar nichts zu lachen gab.

„Du warst früher schon mit den Händen geschickt, nicht …", meinte Mutter.

Dass ich mit den Händen geschickt sei, hätte ich von ihr geerbt, äußerte sie früher häufig. Obwohl Mutter sowohl das Kochen als auch das Nähen nie offiziell gelernt hatte, hatte sie beides durch die ständige Beobachtung anderer beherrschen gelernt. Sie trug im Winter oft einen Pullover oder eine Strickjacke, die sie selbst gestrickt hatte, und auch an diesem Tag war am Kragen des Einteilers mit dem blassvioletten Blümchenmuster, das sie heute trug (von dem Typ Hauskleid, das ältere Frauen auf dem Lande gerne tragen), eine schicke Spitze angenäht. Vermutlich hatte sie selbst gestrickt. Das Weiß der Spitze verriet, dass der heutige Tag für Mutter etwas Besonderes war. Aber ihre Geschicklichkeit war immer nur die einer Amateurin, und sie hätte es deshalb nicht professionell machen können.

Wenn ich in dieser Hinsicht so sehr Mutter ähnelte, war es für mich doch eher ein wenig beschämend.

„Du kannst aber Alkohol gut vertragen“, sagte meine Schwester mit Blick auf Yukaris leeres Glas. Sie war aber auch von uns drei Geschwistern diejenige, die am besten Alkohol vertragen konnte.

„Ja, das hat sie von ihrer Mutter“, antwortete ich.

Ich vertrug so gut wie gar keinen Alkohol, aber Yukari sah man es im Gesicht überhaupt nicht an, wie viel sie auch getrunken haben mochte, und sie schwankte oder lallte auch nicht.

„Yukie konnte auch ziemlich was vertragen“, sagte Mutter nostalgisch.

„Das war ein harter Wettkampf mit ihr“, stimmte meine Schwester zu.

Ich flüsterte der verblüfften Yukari ins Ohr: „Die Braut meines Bruders“.

„Ach so“, sagte sie, nickte und trank wieder einen Schluck von dem Bier, das meine Schwester ihr angeboten hatte.

„Wo wohnt sie jetzt eigentlich?“, fragte meine Schwester Mutter.

„Die Adresse hat sich nicht geändert auf der Neujahrskarte. Zweifellos Tokorozawa.

„Wie ist es ihr wohl in der letzten Zeit ergangen“, sagte ich und dachte dabei an ihr weißes Gesicht zurück. Ich war ihr nur zwei, drei Mal begegnet, aber sie sah im Profil schön aus.

Nachdem mein Bruder sie, wie es üblich ist, zu meinen Eltern mitgebracht hatte, hatte mir meine Mutter am folgenden Tag boshaft „ihre Liebe steht unter keinem guten Stern“ zugeflüstert, während sie in der Küche am Tee nippte. Da mein Bruder mich mit „komm wenigstens zur Begrüßung vorbei“ gebeten hatte, war ich zum ersten Mal nach einer längeren Zeit wieder zu meinen Eltern gefahren. Aber weil ich nach dem Treffen im Haus zurückgeblieben wäre und mir den ganzen Tag lang Mutters Genörgel und Geschimpfe hätte anhören müssen, hatte ich meinen Besuch schnell abgebrochen und das Haus verlassen.

Nachdem mein Bruder gestorben war, sagte sie später immer wieder: „Seine Braut hat wirklich nichts getaugt“, und schob seufzend seiner Freundin, die mit seinem Unfall überhaupt nichts zu tun gehabt hatte, die Schuld zu. Ich glaube aber, wenn Mutter das nicht getan hätte, wäre es ihr wohl nicht möglich gewesen, weiter ihr Leben zu leben.

Nach kurzer Zeit verließ Yukie dieses Haus und heiratete jemanden, den ich nicht kannte. Ich habe gehört, dass sie zwei Kinder hat.

„Wenn ein Enkelkind da gewesen wäre, hätten wir sie leichter einladen können", sagte Mutter.

„Da sie wieder geheiratet hat, ist es für sie schwierig geworden, hierher zu kommen", meinte meine Schwester, und es senkte sich Stille um den Tisch.

„Anders herum gedacht, war es vielleicht gut, dass sie noch keine Kinder hatten", mischte sich Vater, der die ganze Zeit in der Zeitung gelesen hatte, ins Gespräch.

„Für 'ne Witwe mit Kindern ist es wahrscheinlich schwierig, wieder zu heiraten", sagte Vater, leckte danach mit seiner Zunge am Daumen und blätterte mit großem Rascheln eine Seite seiner Zeitung um. Wir drei, Mutter, meine Schwester und ich, brachten es nicht über uns, zu Yukari hinzusehen, die ja „eine Witwe mit Kindern" gewesen war. Wir waren ja Vaters Mangel an Feingefühl einigermaßen gewöhnt, aber angesichts dieser Grobheit fiel uns so schnell keine Antwort ein.

„Da habe ich ja Glück gehabt, einen guten Mann erwischt zu haben."

Es war Yukari selbst, die mit dieser scherzhaften Bemerkung im heiteren Tonfall eine Antwort auf die peinliche Situation fand.

„Nein, nein. Wenn jemand Glück gehabt hat, dann wir", sagte meine Schwester und verbeugte sich zum Scherz.

„Sag doch nicht so was", reagierte ich und lachte unnatürlich laut.

Während wir uns auf diese Weise abmühten, tat Vater hingegen so, als würde er überhaupt nichts merken.

„Yukari, willst du dir nicht Fotos von Ryōta anschauen? Als er klein war", fragte Mutter nach abermaligem Überlegen.

„Ja, gerne", sagte Yukari und schaute mich fragend – ist das in Ordnung? – an.

„Sie zeigt dir die Bilder sowieso, auch wenn du sagst, dass du sie nicht sehen willst", kommentierte ich abwertend. Jedes Mal, wenn ich ein Mädchen zu uns einlud, holte Mutter die Fotoalben aus der Schublade und zeigte ihr die Fotos. Auch wenn sie sich gegenüber einem der Mädchen freundlich verhielt, endete es damit, dass sie mit absoluter Sicherheit an ihr herummäkelte, wenn es nach Hause gegangen war.

Weil Mutter sie mitnehmen wollte, erhob sich Yukari.

„Da sind auch Fotos, die ich haben will – aus meiner Zeit an der Uni. Auf geht's", sagte meine Schwester mit einer für meine Mutter bestimmten freundlichen Stimme und stand ebenfalls auf.

„Atsushi, komm auch mit", sagte Mutter und packte ihn an der Schulter. Er stand mit einer unerwartet geschmeidigen Bewegung auf. Es war ihm wohl sicher unangenehm, als einer von drei Männern zurückgelassen zu werden.

Im Hof rannte Satsuki ausgelassen in der Nähe von Nobuo, der die Augen verbunden hatte, mit der Wassermelone in den Armen herum.

„Und, ist sie kaputt?", rief meine Schwester ihnen zu.

„Nein, ist sie niiiicht", riefen Satsuki und Mutsu im Chor zurück.

„Immer noch nicht", murmelte meine Schwester und ging in Richtung des westlich eingerichteten Zimmers. Dann blieb sie im Flur stehen, als ob ihr gerade etwas eingefallen wäre, und schaute mich und Vater an. „Nun dann, bis später, ihr beiden Ärzte, macht es euch gemütlich", sagte sie in einem hänselnden Tonfall und verschwand im Flur.

Im Wohnzimmer blieben nur Vater und ich zurück. Auf dem Hof wurde nun Mutsu statt Nobuo mit verbundenen Augen im Kreis herumgedreht. Satsukis um noch eine Stufe lauteres Lachen drang zu uns herüber. Vater verschwendete keinen Blick auf das Geschehen im Hof und richtete seinen Blick auf die Zeitung.

„Sag mal … äh, was ist aus der Wandmalerei im Takamatsu-Hügelgrab geworden – aus der Reparatur meine ich", fragte Vater träge, während er das Glas Bier zum Mund führte. Er hatte also bestimmt nicht in der Zeitung gelesen, sondern nach einem Gesprächsthema gesucht.

„Restauration, nicht Reparatur", meinte ich und schob mir ein Stück von dem frittierten Shiitake-Pilz in den Mund. Da er schon kalt war, schmeckte er nicht mehr, und ich redete weiter: „Ob man die wirklich im Hügelgrab so lässt? – da gibt es ja das Bild der schönen Frau aus der Asuka-Zeit im 7. Jahrhundert, ein Staatsschatz, und es gibt ja sogar eine Briefmarke davon … Man hat die ganze Zeit darüber diskutiert, ob man es bewahren sollte. Letztendlich hat das Amt für Kunst und Kultur in einer Ausnahmeentscheidung beschlossen, die Bilder zu zerlegen, was den Grundsatz der Konservierung an Ort und Stelle für Kulturdenkmäler auf den Kopf stellt. Naja, zehn Jahre wird das vielleicht dauern. Und dann …"

„Heh, pass auf!“ Vater, der mir gegenüber gesessen hatte, stand plötzlich auf und ging zur Veranda. Auf dem Hof hatte Mutsu mit dem Baseballschläger ausgeholt und einen Ast der Lagerströmie gestreift, dessen Blüten heftig auf und nieder wippten.

„Hört auf, der Baum ist mir heilig“, tönte er zu den Kindern mit einer ziemlich furchteinflößenden, herrischen Stimme.

„Entschuldigung“, rief Nobuo und verbeugte sich hastig. Satsuki, die in die Hände geklatscht und so Mutsu geleitet hatte, hielt seine Hand fest. Mutsu, überrascht von der Stimme, nahm das Handtuch von den Augen und drehte sich zu Vater hin, um zu sehen, was los war. Ich schluckte die Worte, die ich noch im Halse hatte, herunter und betrachtete die Lage. „Er ist böse auf mich“, sagte Nobuo und zeigte dabei für einen Moment lang ein gequältes Lächeln, aber sofort wandten sich die drei wieder ihrem Melonenschlagen-Spiel zu.

Vater schien noch etwas sagen zu wollen, aber dann kam er mit lauten Fußtritten zu mir zurück.

„Kannst du davon leben?“, fragte er mich und setze sich hin.

Letztendlich war es das Einzige, was ihn interessierte. Es war dumm von mir gewesen, ernsthaft über das Restaurieren sprechen zu wollen.

„Vielen Dank. Um eine Witwe mit Kind zu ernähren reicht es.“ Ich legte so viel Sarkasmus in meine Worte, wie es mir nur möglich war, aber ich war mir nicht sicher, wie viel überhaupt davon bei meinem Vater ankam.

Er pickte sich aus dem vertrockneten Sushi nur den rohen Fisch heraus, tauchte ihn in Sojasoße und aß ihn. Ich schob mir zwei von den in Reiskleie eingelegten Gurken, die Mutter vorbereitet hatte, tief in den Mund. Eine Zeitlang gab es im Wohnzimmer keinen anderen Ton als den, den ich beim Essen der Gurke machte. In dem Moment schlug Mutsu auf die Wassermelone. Es gab ein breiiges Geräusch, und die drei brachen in Freudenjubel aus. Wir betrachteten schweigend das Geschehen im Hof. Die Lagerströmie funkelte dort so im Sonnenlicht, dass man das Rot ihrer Blüten kaum noch sehen konnte. Vater hatte bis zuletzt das Thema Baseball nicht ins Gespräch gebracht.

„Wenn ich mal groß bin, werde ich Arzt, wie Vater. Mein Bruder wird ein Chirurg, und ich werde ein Internist. Vater hat immer den

Arztkittel an. Auch wenn ein Patient am Abend anruft, nimmt er seine Tasche mit und geht los.“

Als ich mich mit einem Teller und dem Baseballschläger in der Hand dem Zimmer im westlichen Stil näherte, hörte ich meine Schwester, wie sie einen meiner Schulaufsätze aus der Grundschule vorlas.

Ich machte die Tür auf, ging auf meine Schwester zu und riss ihr gewaltsam meinen Aufsatz aus den Händen.

„Lies das nicht, ohne mich zu fragen“, schrie ich.

Mutter und Yukari, die sich gerade ein Fotoalbum anschauten, drehten sich überrascht zu mir um.

„Was ist denn dabei, es ist doch nur ein Aufsatz. Warum ist dir das denn peinlich?“, erwiderte meine Schwester ärgerlich, weil ich mich nur wegen eines Aufsatzes so aufregte. Ich bemerkte, dass auch Atsushi zu mir aufsah.

„Das brauchen wir doch wirklich nicht ewig aufbewahren, das Zeug da“, sagte ich, stellte den Teller mit dem Stück Wassermelone auf den Tisch, zerknüllte grob den Aufsatz und verließ das Zimmer, ohne mich umzudrehen. Es gibt für jeden Menschen ein oder zwei Dinge aus seiner Kindheit, an die er sich nicht erinnern möchte. Mit Sicherheit hatte keiner aus meiner Familie das Recht, die Kiste mit meinen Erinnerungen zu öffnen und seine Nase hineinzustecken. Als ich den Baseballschläger in den Schirmständer im Eingang stieß, machte der Schläger vorne, wo er auf den harten Beton traf, ein unerwartet lautes Geräusch. Ich konnte durch das Wohnzimmer die fröhlichen Stimmen von Nobuo und den Kindern hören, die auf der Veranda saßen und die Wassermelone aßen.

Um diesen Stimmen zu entkommen, stieg ich die Treppe seitlich des westlich eingerichteten Zimmers hinauf.

„In diesem Punkt ist er genau wie Vater“, sprach meine Schwester mit absichtlich lauter Stimme, so dass ich es hören musste.

Ich verschwand schnell in meinem Zimmer und schloss die Tür. Die Stimme meiner Schwester war endlich weit weg. Den zerknüllten Aufsatz konnte ich aber tatsächlich nicht einfach in den Papierkorb entsorgen, und warf ihn stattdessen auf den Schreibtisch, den ich seit meiner Mittelschulzeit benutzt hatte. Auf ihm stapelten sich die DVDs der „Dokumentation der Shōwa-Zeit (1926–1989)“, die meine Mutter gekauft hatte.

Sie war ein Mensch, der nichts wegwerfen konnte. Die Seiten neben dem Kühlschrank und die Spalten zwischen den Regalen wurden lückenlos mit Papiertüten vom Einkauf und Verpackungen vollgestopft, und auch die Bänder und Schnüre wurden aufgewickelt und in die Schubladen zu den Küchenmessern geräumt.

„Das ist so viel, was willst du denn damit?“, fragte meine Schwester genervt, während sie die Tüten vor Mutters Augen so schwang, dass sie flatterten.

„Wenn ich sie brauche und nicht habe, bin ich aufgeschmissen.“

„Aber wann braucht man schon solch eine Menge von Papiertüten?“

Diese Art von Wortwechsel zwischen Mutter und meiner Schwester hatte ich mir schon öfter anhören dürfen. Auch wenn Mutter dies immer wieder gesagt wurde, hätte sie unter keinen Umständen die Tüten weggeworfen, und auch meine Schwester musste das eigentlich ganz genau wissen.

Aber es waren nicht nur die Papiertüten, die Mutter nicht wegwerfen konnte. Im Kühlschrank wurden so viele Lebensmittel gehortet, dass man nicht glauben mochte, dass sie nur mit Vater zu zweit lebte.

„Wenn wir genug zum Essen haben, ist das eine Beruhigung für mich. Ihr habt keine Ahnung vom Krieg und könnt das deshalb nicht verstehen“, rechtfertigte sie sich, aber ich glaube, es hatte nicht nur mit den Kriegserfahrungen zu tun. Als ich letztes Jahr zu Neujahr hierher gekommen war, hatte ich in den Kühlschrank geschaut und nur ganz hinten im Kühlschrank verstaut ein Stückchen von der Fischpastete entdeckt, die sie vor einem Jahr zu Neujahr gekauft hatte.

„Das macht einem im Gegenteil Angst“, haben ich und meine Schwester damals gemeinsam gelacht.

Weil zu Hause so viele unbenutzte Sachen von früher herumstanden, war das Leben im Haus in seine Winkel verdrängt worden und es wirkte dadurch beengt. Im Wandschrank lagerten, sorgfältig eingeräumt, die Schulzeugnisse und das Schönschreibpapier aus der Grundschulzeit von uns drei Kindern, meine Sportuniform des Jungen-Baseballteams sowie die Schuluniform meines Bruders aus der Mittelschule. Auch als wir Kinder alle selbstständig geworden waren und nur noch selten bei unseren Eltern vorbeikamen, holte sie wohl die „Sachen, an denen Erinnerungen hängen“ hervor und dachte nostalgisch an früher zurück. Wenn man es sich überlegt, sind Eltern in dem Zustand, in dem sie ihre Kinder nicht loslassen können, eher unheimlich als mitleiderregend.

Mutter, die nie sonst etwas wegwarf, hatte nur, kaum dass Vater gestorben war, in kürzester Zeit seine ganze Kleidung entsorgt, was mir ehrlich gesagt einen Schrecken versetzte. Ohne die 49 Tage Trauerzeit abzuwarten, holte sie seine Unterwäsche und seine anderen Sachen aus dem Schrank, packte sie in Plastiktüten und stellte sie an dem Tag, an dem der brennbare Müll abgeholt wird, auf die Straße. Ist das so, nach fast fünfzig Jahren Zusammenleben?

Ich war von diesem Mangel an Anhänglichkeit regelrecht schockiert und erzählte davon meiner Schwester am Telefon.

„Wenn man die Unterwäsche ewig aufbewahrt, ist das doch gerade ekelig“, sagte sie ganz wie Mutter und nahm das, was ich gesagt hatte, auf die leichte Schulter. Naja, so gesagt, ist es auch für mich nachvollziehbar. Weil ich es ein wenig traurig fand, gar nichts aufzubewahren, behielt ich als Erinnerungsstücke die Brille und die alte Armbanduhr, die Vater so gerne getragen hatte. Wenn ich nicht gesagt hätte, dass ich sie haben will, wären sie wahrscheinlich am Tag für den nicht-brennbaren Müll mit diesem herausgestellt worden.

In das Abschlussalbum der Grundschule hatte ich tatsächlich geschrieben, dass mein Zukunftstraum sei, Arzt zu werden. Für uns hatte die Gestalt Vaters bei der Arbeit ein Strahlen, und ich hatte mir gedacht, dass sich mein Vater bestimmt freuen würde, wenn sein Sohn diesen Wunsch hätte. Ich glaube, dass mein Bruder und ich uns in der Zeit um meinen Vater einen Wettstreit lieferten. Aber ich merkte nach und nach, dass, von irgendeinem Zeitpunkt an, der erwartungsvolle Blick meines Vaters an mir vorbeiging und sich auf meinen Bruder richtete. Der wichtigste Grund war wohl, dass die Schulzeugnisse meines Bruders besser waren als meine. Doch wenn ich heute darüber nachdenke, dann hatte mein Vater wohl irgendwann für sich entschieden, dass ich ähnlich wie Mutter nachlässig und willensschwach sei und mich damit nicht für den Arztberuf eignen würde. Es dauerte nicht lange, als meine Liebe und Verehrung, die während meiner Zeit in der Mittelschule so von ihm verraten wurde, in Enttäuschung und Hass umschlug. Diese meine Vergangenheit, in der es für mich als Grundschüler ein „Ich will Arzt werden“ gegeben hatte, wollte ich von allen Dingen zuerst zum Verschwinden bringen.

Ich war selbst überrascht davon, dass ich bis dahin, obwohl ich schon die Vierzig überschritten hatte, diesen Bruch in meinem Leben nicht hatte hinter mir lassen können und weiterhin ein nicht geringes Minderwertigkeitsgefühl mit mir herumschleppte. Deswegen wollte ich dies nicht mehr wahrhaben. Aber der zerknüllte Aufsatz vor meinen Augen ließ das nicht zu. Um Distanz zu dem Aufsatz zu bekommen, ließ ich mich erneut auf dem Rodeo Boy nieder. Ich holte die Zigarettenschachtel aus der Brusttasche meines Hemdes, zündete mir eine an und rauchte sie langsam, zur Decke aufschauend.

Die Vergangenheit war etwas Lästiges.

„Jaaaa, stellt euch in die Reihe, in die Reihe“, konnte man Nobuos Stimme bis in das Zimmer im ersten Stock hören. Ich blickte von dem Künstleralbum auf, in dem ich geblättert hatte, und ging nach unten, um nachzusehen, was da unten vor sich ging.

Es war bei uns fester Brauch, am Todestag meines Bruders ein Foto von der gesamten versammelten Familie zu machen. Das war eine gute Gelegenheit, den durch meinen Jähzorn verursachten Punktverlust auszugleichen. Ich stieg die Treppe hinab, ging ins Wohnzimmer und tat dabei, als wäre nichts gewesen.

„Schnell, schnell.“

Im Hof winkte mir Nobuo, als er mich gesehen hatte, mit der Hand zu. Um Vater, der sich auf der Veranda niedergelassen hatte, nicht in die Augen sehen zu müssen, war ich durch das benachbarte japanisch eingerichtete Zimmer in den Hof gegangen und stand nun am Rand der Veranda. Yukari, der das aufgefallen war, drehte sich zu mir um und verzog ein wenig den Mund zu einem kleinen fragenden „Häh?“

„Das Foto, das Foto …“, sang meine Schwester zu einer Melodie und setzte sich neben Vater.

„Mama, guck mal“, rief Satsuki im Garten aufgeregt, wobei sie auf Mutsus T-Shirt etwa in Höhe der Brust zeigte. Wohl weil er sich mit irgendetwas bekleckert hatte, war dort nun ein dunkler Fleck entstanden.

„Was ist das denn?“, schrie meine Schwester kurz angebunden, zerrte an dem T-Shirt herum und roch an ihm. „Oh je. Schokolade. Und wir haben nichts zum Wechseln dabei. Der fällt auf, der Fleck.“

Während Nobuo unter der Lagerströmie durch den Sucher der Kamera schaute, sprach er mit lauter Stimme: „Nun, stellt euch vorne und hinten in zwei Reihen auf."

Meine Schwester griff nach dem T-Shirt und wollte es Mutsu ausziehen. Es war zwar nur ein T-Shirt, aber es würde doch besonders merkwürdig wirken, wenn man es anderes herum anzog. Aber mir konnte das egal sein. Wenig überraschend hielt Mutsu sein T-Shirt fest und leistete erbitterten Widerstand.

„Also, halt die Stelle so zu!" rief meine Schwester. Meine Schwester, die sofort aufgegeben hatte, legte Mutsus Hand auf den Schokoladenfleck. Mein Vater hatte bei dem Gerangel seinen Platz verloren, da meine Schwester, Satsuki und Mutsu sich in der Mitte der Veranda breit gemacht hatten. „Opa, stell dich doch bitte an den Rand", sagte Nobuo ohne Umschweife. Als Patriarch der Familie sollte er selbst in der Mitte sitzen, dachte Vater wohl. Er schaute verdrießlich drein, aber wie immer nahm Nobuo überhaupt keine Rücksicht auf ihn. Mein Vater rückte gezwungenermaßen an den Rand der Veranda. Mutter, die aus der Küche gekommen war, hatte sich schon fast hingesetzt, stand aber wieder auf, weil sie sich an irgendetwas erinnert hatte. „Mutter, was ist denn los?", fragte ich meine Mutter. Ich wollte dieses Familie-Spielen möglichst schnell beenden. „Moment …", murmelte Mutter vage, nahm das Foto meines Bruders, das den Hausaltar schmückte, in die Hand und kam sofort wieder. Satsuki und meine Schwester machten für meine Mutter in der Mitte Platz. „Jetzt sind wir alle versammelt", sagte meine Mutter und nahm langsam Platz. „Das ist doch keine Beerdigung. Das bringt Unglück", sagte meine Schwester und machte ein genervtes Gesicht.

„Warum denn nicht? Wegen diesem Kind hier haben wir uns doch alle hier versammelt", erwiderte Mutter und streichelte sanft das Foto meines Bruders.

„Das ist zwar so, aber …", meinte meine Schwester, als habe sie zwischendurch resigniert. Wir reihten uns so auf, dass Mutter von uns umgeben war. Vaters Laune verschlechterte sich noch weiter, als er das sah.

Die Kinder meiner Schwester nennen das Haus in Kurihama „Omas Haus". Dies schien meinen Vater im Inneren verletzt zu haben. Einmal soll er es meiner Schwester gesagt haben: „Ich habe gearbeitet, um uns dieses Haus zu bauen. Wieso nennt ihr das Omas Haus?!"

Meine Schwester erzählte es Mutter und dann mir, als fände sie es interessant und lustig. „Das ist so kleinkariert. Er ist wirklich so kleinkariert." Jetzt fühlt sich Vater durch die bloße Anordnung für das Foto verletzt, und bei solchen Kleinigkeiten offenbarte er sein wahrhaft kleinkariertes Denken. „Nanu? Opa, du bist nicht auf dem Bild. Bitte gehe doch mehr in die Mitte."

Nobuo, vor- und zurücklaufend, schaute durch den Sucher der Kamera, während er wieder Vater Anweisungen gab. War es Vater auf die Nerven gegangen, dass Nobuo ihn „Opa" nannte, oder war er in Wut darüber geraten, weil Nobuo mit dem Finger auf ihn zeigte, oder ob es doch so war, dass er es nicht ertragen konnte, am Rand zu stehen – jedenfalls wandte sich Vater eingeschnappt zur Seite und marschierte in Richtung des Flurs.

„Opa", rief Nobuo ihm hinterher, aber Vater drehte sich nicht einmal um. Mutsu, weiterhin die linke Hand auf dem Schokofleck haltend, stand von der Veranda auf, und sein Blick folgte meinem Vater. Als wäre er Mutter völlig gleichgültig, schien sie sich bloß darum zu sorgen, in welchem Winkel sie das Bild meines Bruders halten sollte. Nobuo rief mit sich überschlagender Stimme: „Nanu, geht Opa zur Toilette? Dann machen wir halt später einen Kreis um diese Stelle."[13]

„Das sieht doch so aus, als wäre er tot." Meine Schwester erwiderte Nobuos Witz mit einem eigenen und alle lachten. In diesem Moment drückte Nobuo auf den Auslöser der Kamera.

Fotos habe ich schon früher gehasst, einfach, weil ich nicht lächeln kann. Auf den Fotos der Abschlussfeiern, auf den Fotos der Schulausflüge und so – auf allen schaue ich drein, als würde ich mich langweilen. Entweder hatte ich den Kopf zur Seite gedreht oder die Augen geschlossen – aus irgendeinem Grund verpasste ich immer den richtigen Moment.

Bei den Familienfotos war es kaum anders. Überhaupt war die Anzahl der Fotos mit mir nicht groß. Ob das in allen Familien so war? Der zweite Sohn war stets im Nachteil, und unter den Geschwistern sind seine Chancen, fotografiert zu werden, sehr viel geringer. „Das lag daran, dass Vater zu der Zeit mit der Arbeit so be-

---

[13] In Japan setzt man für Verstorbene einen Kreis auf das Foto.

schäftigt war", brachte Mutter als Ausrede vor. Der älteste Sohn ist wohl etwas Besonderes. Vater selbst scheint eine monokulare Spiegelreflexkamera gekauft und damit jede Menge Fotos geschossen zu haben. Auch von meiner Schwester gibt es tatsächlich viele Fotos, weil sie das erste Mädchen war. Und auf allen Fotos zeigt sie ein wunderschönes Lächeln.

Weil ich es vielleicht im Austausch dafür nicht gewohnt war, fotografiert zu werden, machte ich ein besonders steifes Gesicht, wenn mir gesagt wurde „lächeln, lächeln". Deswegen versuchte ich mich bei Gruppenfotos nach Möglichkeit versteckt in die Ecke hinter die anderen, wo ich nicht auffiel, hinzustellen. Auf den Familienfotos dieser Zeit stand ich am Rand und zog als einziger eine Grimasse.

Wie mir erst später klar wurde, war dieser Tag die letzte Gelegenheit, um die ganze Familie zu versammeln und ein Foto zu schießen. Im Jahr darauf hatte sich Mutsu erkältet und konnte nicht kommen, und noch ein Jahr später war die Familie meiner Schwester zu viert nach Hawaii geflogen. Wieder ein Jahr später war Vater unerwartet gestorben. Für Mutter und Vater war es wohl so gewesen, dass die Familie nicht vollständig beisammen war, wenn mein Bruder nicht dabei war.

Nachdem das Foto im Kasten war, spielten die Kinder wieder auf dem Hof, und als sie später wohl genug davon hatten, gingen sie zur Vorderseite des Hauses, um dort zu spielen. Da Atsushi eher gleichgültig wirkte, wurde er von Mutter und meiner Schwester heimlich „der Prinz, der nie lächelt" genannt, aber er war doch sicher anders, wenn er mit Gleichaltrigen zusammen war. Zweifellos lachte er kein unschuldiges Kinderlachen, aber er spielte mit den anderen zu dritt, mit den Holzsandalen für Erwachsene laut klappernd, anscheinend vergnügt das Spiel „Erforschen".

Wir entschieden uns nun dafür, etwas Atem zu schöpfen und Tee zu trinken. Die Sonne neigte sich schon ein wenig nach Westen und ihr Licht drang bis tief in das Haus, sodass ich das Gefühl hatte, die normalerweise immer dunkle Küche wäre etwas heller als sonst. Yukari stand auf der Veranda und versuchte, die Bambusjalousie herunterzuziehen, aber es gelang ihr nicht richtig.

„Da gibt es einen Kniff dabei", sagte Mutter, die das nicht mehr länger mit ansehen konnte, stand auf und stellte sich neben Yukari, um ihr zu erklären, wie man an der Schnur ziehen musste. Als ich im Wohnzimmer saß und die halb zu Silhouetten verschwommenen Rücken der beiden verträumt betrachtete, dachte ich bei mir, dass es gar kein schlechtes Bild abgeben würde. Die Nachrichtensprecherin im Fernsehen erklärte mit schriller Stimme, dass die heißen Sommertage im September noch von heute an bis zum Zehnten andauern würden. Die Höchsttemperatur in Tokyo würde 32,4 Grad erreichen. In dem Moment kam meine Schwester den Flur entlang stampfend zurück.

„Er will keinen."

Sie hatte Vater, der sich schmollend in sein Behandlungszimmer zurückgezogen hatte, gefragt, ob er mit uns Tee trinken wolle, aber keinen Erfolg damit gehabt. Nun, das hatte ich schon aus ihren Schritten heraus gehört.

„Der da hat keine Lust, sich an Gesprächen zu beteiligen, es sei denn, es geht um Tempura", sagte meine Schwester mit einem lauten Seufzer, ließ sich auf den Reisstrohmatten nieder und setzte sich locker im Schneidersitz hin.

Yukari kam von der Veranda zurück zum flachen Esstisch und begann, Windbeutel auf die Teller zu verteilen.

„Ist schon in Ordnung, kümmere dich nicht darum. Wenn er Hunger hat, kommt er schon. Wie die Krähen bei euch", meinte Mutter, klopfte meiner Schwester auf den Rücken, ließ sich vor dem Tisch nieder und füllte grünen Tee in die Tassen.

„Die kommen bei uns nur an denTagen für den Müll, dienstags und donnerstags", sagte meine Schwester, streckte ihre Zunge heraus und lachte. In der Werksiedlung meiner Schwester gab es anscheinend Probleme mit den Krähen, die sich vermehrt hatten. Sie sollen genau wissen, an welchem Tag die verderblichen Abfälle auf die Straße gestellt werden und warten aufgereiht am Rand der Straße, um sie aus den Tüten herauszuholen. Ich erinnerte mich daran, dass Mutter mir das erzählt hatte. Es wäre aber wohl nicht gut gewesen, wenn Vater mitbekommen hätte, dass man ihn mit einer Krähe verglich.

„Wirklich, wie ein kleines Kind", und als ich dies sagte, schauten sich Yukari und meine Schwester an und lächelten verschmitzt.

Sie dachten bestimmt daran, wie ich kurz zuvor trotzig wie ein Kind die Treppe heraufgelaufen war. Mir wurde, weil ich das bemerkt hatte, ein wenig peinlich zumute, und da fiel mein Blick auf die Windbeutel.

Vater war jemand, der im Haushalt keinen Handgriff tat. Jedoch, auch wenn er schlechte Laune hatte und in sein Behandlungszimmer geflüchtet war, so kam er doch mit Sicherheit zu den Mahlzeiten wieder heraus und las in der Küche oder im Wohnzimmer so lange Zeitung, bis das Essen fertig war. Es schien sich damals nicht das Geringste daran geändert zu haben, obwohl er schon aufgehört hatte zu arbeiten.

„Es wäre schön, wenn er auch mal an meiner Stelle etwas kochen würde, wo er doch jetzt Zeit hat", sagte meine Mutter, auch wenn sie wusste, dass er nicht kochen konnte, und in Wirklichkeit hätte sie sich nicht besonders darüber gefreut, wenn ein Mann in ihre Küche gekommen wäre. Sie gehörte noch zu der Generation, die felsenfest von der Richtigkeit des Sprichwortes: „Jungen kommen nicht in die Küche" überzeugt waren, und ihr wäre zuwider gewesen, wenn jemand in ihr Territorium eingedrungen wäre. Selbst wenn es meine Schwester war, welche die Töpfe und Gläser verstellte, regte sie sich auf: „Fummel nicht einfach an meinen Sachen rum." Das war die Ursache dafür, dass ich wie Vater mit dem Essenkochen nichts zu tun hatte, selbst als ich schon alleine lebte.

Der schwarze Tee stand in die Tassen gegossen, die Windbeutel waren auf die Teller verteilt. Als ich mir gerade einen Windbeutel nehmen wollte, war von jenseits der Schiebetür zum japanisch eingerichteten Zimmer ein lautes Schnarchen zu vernehmen. Das war Nobuo.

Bis gerade eben hatte er mit den Kindern Wassermelonenschlagen gespielt, gegessen, getrunken und lauthals gelacht, aber nun war er von einem Augenblick auf den anderen eingeschlafen.

Obwohl er nun einmal einen wenig sensiblen Charakter besaß, so konnte ich doch nicht mehr nachvollziehen, wie man den Nerv haben konnte, im Elternhaus seiner Frau in Anwesenheit ihres Vaters einfach zu schlafen. Dass ich als leiblicher Sohn viel angespannter war als er, machte mich in gewisser Weise sogar neidisch.

„Igitt. Wer ist denn jetzt hier so regungslos wie ein toter Thunfisch", sagte meine Schwester mit einem schmerzhaften Lächeln.

„Auf den Tatami-Matten – das wird ihn entspannt haben", meinte Mutter, stand auf und ging wieder zur Veranda hinaus.

„Das stimmt, weil es in unserem Haus keine gibt", sagte meine Schwester, Mutter mit den Augen verfolgend. Diese kam mit der

Frotteedecke für den Sommer, die auf einem der Rattanstühle auf der Veranda gelegen hatte, in der Hand zurück. Es war die mit dem blauen Blumenmuster, die ich früher auch oft für den Mittagsschlaf benutzt hatte.

„Wie wäre es, wenn ihr auch eines einrichten würdet?“ Mutter zeigte mit dem Kinn in Richtung des japanisch eingerichteten Zimmers und reichte meiner Schwester die Decke.

„Das geht nicht. Dafür ist das Haus falsch gebaut“, widersprach meine Schwester und wandte sich Yukari zu.

„Deswegen will ich doch ein japanisch eingerichtetes Zimmer haben, wenn wir hierhin umziehen.“

„Wann ist er denn, der Umzug?“, fragte Yukari und schob einen Teller mit einem Windbeutel zu mir hin. Danach sah sie in mein Gesicht, um mich aufzufordern, an dem Gespräch teilzunehmen.

„Nach Möglichkeit, bevor Mutsu in die Mittelschule kommt, dachten wir“.

„Das ist überhaupt noch nicht entschieden“, sagte Mutter abwehrend.

Ich hörte dieser Art von Wortwechsel, bei dem beide versuchten, hinter die Absichten des anderen zu kommen, zu, aber er war mir schon seit langer Zeit dermaßen zuwider gewesen, dass ich es kaum aushalten konnte.

„Das sagst du jetzt. Du hast doch schon kürzlich die Pläne gesehen.“

Meine Schwester stand auf und schob die Schiebetür auf. Nobuo hatte ein Sitzkissen gefaltet und als Schlafkissen verwendet, den Ventilator auf sich gerichtet und schlief dort anscheinend glücklich und zufrieden.

„Du erkältest dich!“ Meine Schwester warf ihm die Frotteedecke auf den Bauch. Ich wusste nie genau, ob das, was meine Schwester trieb, liebevoll oder unfreundlich gemeint war. Nobuo murmelte ein paar Worte zur Erwiderung, bei denen man nicht recht entscheiden konnte, ob es sich um ein Schnarchen oder Worte im Schlaf handelte und öffnete nicht einmal seine Augen dabei.

„Schau doch mal – sagt man nicht, dass es ein Glück wäre, wenn die Tochter im Alter mit einem zusammenleben würde?“, fragte sie Yukari Zustimmung heischend, während sie sich erneut auf das Sitzkissen setzte.

„Das hängt wohl von der Tochter ab“, sagte Mutter und schaute Yukari an. Yukari lachte nur verlegen. Wie beide so versuchten, Yukari als Bündnispartner für sich zu gewinnen, fühlte ich mich noch unbehaglicher als sonst. Da ich mich wenig in der Welt auskannte, wusste ich nicht, ob es heute allgemein üblich war, dass die Tochter zusammen mit den Eltern in einem sogenannten Doppelhaus leben wollte. Aber meine pfiffige Schwester hatte mit Sicherheit eher eine Kosten-Nutzen-Rechnung als die Kindespflichten gegenüber den Eltern im Hinterkopf. Ich zog die Zigarettenschachtel aus der Brusttasche meines Hemdes.

„Ein Aschenbecher …“, sagte ich mit Absicht, tat ein paar Mal so, als würde ich nach einem Aschenbecher suchen und stand dann auf, um der Situation zu entfliehen.

Yukaris Blick, mit dem sie mein Verhalten beobachtete, wirkte genauso wie in den Momenten, in denen sie Atsushi ausschimpfte, doch ich verhielt mich weiterhin so, als ob ich nichts bemerkte.

„Auch wenn man davon spricht, dass man zusammenlebt, hat doch jeder seine eigene Küche. Naja, ich würde es dankbar annehmen, wenn du für uns kochen wolltest.“

„Ich soll mich also um alles kümmern, genau wie eine Haushälterin.“

So ging es mit ihrem Wortwechsel weiter. Ich ging in die Küche, schaltete den Lüftungsventilator ein und zündete mir eine Zigarette an. In diesem Augenblick war im Fernsehen das heftige Geräusch einer großen Welle zu hören. Alle drehten sich zum Fernseher hin um.

„Am Badestrand von Tsukui in der Stadt Yokosuka in der Präfektur Kanagawa wurde ein männlicher Leichnam entdeckt. Bei dem Toten handelt es sich um den 53-jährigen Angestellten Mikio Hagiwara aus der Stadt Yokohama in der Präfektur Kanagawa. Heute ungefähr um 13 Uhr hatten ihn Badegäste zwischen Felsen, auf die er gespült worden war, gefunden, und die Polizei benachrichtigt. Es wird die Möglichkeit in Betracht gezogen, dass er im betrunkenen Zustand im Meer baden wollte …“ Nachdem wir das gehört hatten, schaltete meine Schwester den Fernseher mit der Fernbedienung aus.

„Furchtbar – und dabei ist doch schon bald Herbst“, sagte meine Schwester leichthin, als hätte das gar nichts mit uns zu tun. Während Mutters Blick starr auf das verlöschende Fernsehbild gerichtet blieb, zog sie ruckartig den Knoten des Bandes auf der Schachtel mit dem Kuchen auf dem Esstisch auf. Ihr Rücken wurde, anders als bisher, hart und buckelig, und sie sah plötzlich wirklich alt aus.

„Der Junge … er hatte ausnahmsweise mal bei uns alleine übernachtet. An dem Tag hat er seine Schuhe im Eingang geputzt. Plötzlich sagte er ‚ich geh mal ans Meer'. ‚Pass auf dich auf', habe ich gesagt, aber als ich aus der Küche rausgeschaut habe, war er nicht mehr zu sehen. Nur seine Schuhe standen da sauber nebeneinander im Eingang. Dieses Bild hat sich in mein Gedächtnis eingebrannt …"

Was Mutter dort erzählte, war mit einem schweren Klang verbunden, als ob es wer weiß wie tief im dunklen Wasser versänke. Dies erzählte Mutter nicht nur an den Todestagen meines Bruders, sondern immer, wenn ich oder meine Schwester nach Hause fuhren. Ich hatte das Gefühl, als ob sich jedes Mal, wenn ich die Geschichte hörte, tief in meinem Rachen ein bitterer Geschmack ausbreiten würde. Immer noch versuchte Mutter aus der Szene im Eingang irgendeine Botschaft ihres Sohnes herauszulesen.

„Da sind wir wieder", waren die fröhlichen Stimmen der Kinder, die von ihrem Forschungsspiel zurückgekommen waren, vom Hof her zu vernehmen. Außer Atem zogen sie die Holzsandalen aus und stiegen auf die Veranda. Die bedrückende Atmosphäre im Wohnzimmer wurde so gewaltsam weggefegt.

„Wo seid ihr gewesen?", sprach sie meine Schwester an.

„Das ist ein Geheimnis" und „das ist geheim", sagten Satsuki und Mutsu durcheinander und kamen in die Küche gerannt. Atsushi folgte den beiden.

„Du bist ja völlig verschwitzt", meinte Yukari und blickte Atsushi mit einem besorgten Blick hinterher.

„Das ist für dich", sagte Satsuki und reichte meiner Schwester eine Lagerströmie-Blüte, die sie mitgebracht hatte. Das Rosa dieser Blüte war kraftvoll und frisch und sah schöner aus als das der Blüten im Hof.

„Du hast sie doch nicht abgebrochen, oder", meinte meine Schwester in einem zurechtweisenden Tonfall.

„Ich hab' sie aufgehoben", sagte Mutsu und öffnete mit Schwung die Kühlschranktür.

„Nimm den Gerstentee und nicht das Eis", rief meine Schwester mit lauter Stimme. Ich war ein wenig erleichtert, dass das alltägliche, in gewissem Sinn vulgäre Leben in die Mitte der Familie zurückgekehrt war.

„Wenn ich ihn nur etwas früher angesprochen hätte …“, begann Mutter weiter vor sich hin zu murmeln, als ob sie den Wortwechsel in der Familie meiner Schwester überhaupt nicht mitbekommen hätte. In ihrem Kopf schien weiter das Rauschen der Wellen von vorher nachzuklingen. Yukari war es deswegen nicht möglich, ihren Windbeutel zu essen, sondern sie beobachtete regungslos mit bekümmerter Miene das Verhalten meiner Mutter.

„Oh nein, fängst du schon wieder damit an?“, sagte meine Schwester mitleidlos, die Mutters ständiges Gejammer leid war.

„Warum denn nicht, wenigstens heute“, erwiderte Mutter.

„Wenn es nur heute wäre, dann wäre es ja gut, aber …“

„Er hätte sich dann nicht überfordert, um ihn zu retten. Obwohl es noch nicht einmal sein Kind war …“, sagte sie wie mit einem Seufzer, nahm die Lagerströmie-Blüte, die Satsuki mitgebracht hatte, in die Finger und stand auf.

„Hepp, hepp, allez hopp“, feuerte sich Mutter an, als ob sie ihre schwermütige Stimmung irgendwie heben wollte.

Meine Schwester schaute mit einem misstrauischen Blick zu ihr auf.

„Wo ihr schon da seid, kann ich euch eine Kleinigkeit machen.“ Vielleicht hatte Mutter Angst, wieder in diesen Gefühlssumpf des Geschehens vor fünfzehn Jahren hineingezogen zu werden, wenn sie jetzt nicht ihre Hände rühren und wenigstens eine Kleinigkeit zu essen machen würde.

„Wir hatten doch genug.“

„Ja, nun, aber wo ihr schon hier seid“, wehrte Mutter die Worte meiner Schwester ab und kam mit der Lagerströmie-Blüte in der Hand in die Küche.

Letztlich hatte meine Mutter den Windbeutel, ihre Leibspeise, nicht einmal angerührt. Yukari schaute den Windbeutel, der auf dem Tisch zurückgelassen worden war, unverwandt an.

Mutter wollte mich aus der Küche drängen, und so wurde ich der Zuflucht beraubt, die ich entdeckt hatte. Gezwungenermaßen warf ich die Zigarette, die ich zu rauchen begonnen hatte, in den kleinen Abfallkorb in der Spüle. Die Zigarette machte ein leises zischendes Geräusch und eine weiße Rauchwolke stieg auf. Der Drehlärm des in die Jahre gekommenen Küchen-Lüftungsventilators klang für eine Weile in meinen Ohren nach.

Dass mein Bruder ein Kind, das zu ertrinken drohte, rettete und dabei selbst zu Tode kam, wurde damals als Heldentat gepriesen, und sein Foto wurde in den Zeitungen abgedruckt. Aber selbst wenn es ein noch so edler Tod gewesen sein mag, war es für die Familie doch ein schmerzlicher Verlust.

Ich glaube, für Vater war es hart, weil seine Lebensplanung, nach der mein Bruder sein Nachfolger werden sollte, vollständig durcheinander geraten war, und für meine Mutter, weil sie das Kind verlor, auf das sie besonders stolz war. Für mich war es ebenfalls eine große Beruhigung gewesen, dass mein Bruder der Stammhalter der Familie war, weil es mir ermöglichte, nach Belieben zu tun, was ich wollte.

Dann war ich zu alt, um noch an das „Familiengewerbe" zu denken und an einer medizinischen Fakultät zu studieren, und mir fehlten zudem die dafür notwendigen Fähigkeiten. Vor allem hatte ich kein Gefühl der Verpflichtung gegenüber der Familie, also weder gegenüber Vater noch gegenüber Mutter. Deswegen, weil ja Vater mich so früh aufgegeben und nicht erwartet hatte, dass ich den Arztberuf ergreife. Ich kann nicht sagen, dass ich das Empfinden hatte: das geschieht dir Recht, aber ich hatte doch das Gefühl, dass er sich das selbst zuzuschreiben hatte. Wenn es etwas gibt, was mich im Zusammenhang mit dem Unfall beschäftigt, dann die Frage, aus welchem Grund mein Bruder die Schuhe poliert hat? Ich hätte verstanden, wenn er das Bad geputzt hätte. Dass er nach dem Schuhputzen, was eigentlich meine Aufgabe gewesen war, gestorben sein sollte, ließ bei mir einen kleinen Zweifel zurück. Ich verwahrte mich allerdings gegen die Gefühlsduselei, mit der Mutter das als irgendeine Art von Botschaft meines Bruders empfand. Ich verabscheute den Gedanken, dass mein Leben durch so etwas beeinflusst würde. Ich hatte die Szene, in der mein Bruder die Schuhe putzt, wer weiß wie oft im Traum gesehen, obwohl ich sie in Wirklichkeit gar nicht erlebt hatte.

(So was Überflüssiges verdammt noch mal …) Jedes Mal, wenn ich aus einem Traum erwachte, murmelte ich im Bett derlei.

Mutter, die hin und her überlegt hatte, begann schließlich *shiratamadango*, kleine Klöße aus Reismehl, zu machen. Ich sah vom

Wohnzimmer aus, wo ich mich hingelegt hatte, wie Satsuki und Mutsu mit Mutter zusammen die Klöße machten und dabei ganz weiße Hände bekamen. Der Lärm der Zikaden, den ich von dem etwas kühler gewordenen Garten her hörte, hatte sich unversehens in den von Abendzikaden verwandelt. Wie in der Wohnung meiner Schwester gab es in unserem Appartement (Wohnzimmer, Küche und zwei Zimmer) in Yotsuya kein Zimmer mit Tatami-Reisstrohmatten. Ich war zwar nicht Nobuo, der ein Sitzkissen gefaltet, als Kopfkissen verwendet und sich damit schlafen gelegt hatte, aber sie wirkten auch auf mich beruhigend. Als ich mich umdrehte, stieg mir von den nicht mehr neuen, von der Sonne verblichenen Reisstrohmatten ein wenig der Geruch von Gras in die Nase.

Im heutigen Tokyo bekommt man es fast nicht mehr zu Gesicht, aber in meiner Kinderzeit war der Austausch von Tatami-Matten oder das Bespannen der Shoji-Papierschiebetüren mit neuem Papier ein freudiges Erlebnis. Jedes Mal, wenn die Reisstrohmatten ausgetauscht wurden, schleppte Vater einen Stuhl in den Innenhof und las in den alten Zeitungen, die unter den Reisstrohmatten gelegen hatten. Wenn Vater sie ausgelesen hatte, versuchten mein Bruder und ich uns gegenseitig die Zeitungen abzunehmen, um sie zu lesen. Mein Bruder, meine Schwester und ich entschieden mit Hilfe des Stein-Schere-Papier-Spiels, wer in welcher Reihenfolge das Papier der Shoji-Papierschiebetüren kaputt machen durfte. Als ich einmal gewonnen hatte, spielte ich den zur Zeit populären Boxer-Manga „Ashita no Joe“[14] nach, boxte in das Papier und rief dabei „Schlag zu“. Für das erneute Bespannen der Shoji-Papierschiebetüren wurde das Seegras verwendet, das Mutter zum Kochen von Reis benutzt hatte. Ich erinnere mich daran, wie wir zu dritt den klebrig gewordenen weißen Reis mit den Fingern nahmen und aßen.

Natürlich war er überhaupt nicht lecker.

Es ist eine ziemlich lange Zeit vergangen, seit in diesem Haus diese Familie eine solche Teamarbeit geleistet hat. Mutter hat das eingerissene Papier der Fusuma- oder Shoji-Schiebetüren zwar stellenweise ausgebessert, aber das Weiß dieser Stellen war schon matt geworden und machte dadurch die Atmosphäre im Haus umso bedrückender.

---

[14] Ashita no Joe („Joe von morgen“): siehe Glossar.

„Wenn du ihn ganz rund gemacht hast, musst du so, mit dem Daumen, den Bauchnabel des Klops machen."

Mutter formte einen Klops nach dem anderen zu einem Ball, während sie es Mutsu vormachte. Für Satsuki war es wohl wie die Erweiterung des Spiels mit Puppen und sie half mit großem Eifer dabei mit, aber für Mutsu war es weniger das Zubereiten von Essen, sondern ähnelte eher dem Spielen mit Knete. Er hatte von Anfang an Formen wie sternförmige Flugzeuge geknetet, die man nur schwer essen konnte, und sie auf dem Teller aufgereiht. Atsushi hatte, nachdem er von der Vorderseite des Hauses zurückgekommen war, mit den anderen beiden Gerstentee vor dem Kühlschrank getrunken, sich danach in Windeseile von ihnen getrennt und war irgendwohin verschwunden. Da ich nicht das Gefühl hatte, dass er in den ersten Stock hinauf gegangen war, würde er wohl in den Garten gegangen sein oder sich im westlich eingerichteten Zimmer die Schallplatten, die dort im Regal aufgereiht standen, ansehen. Diese Seite von ihm war der Grund, warum er als „kühl" bezeichnet wurde.

„Was formst du denn da?", fragte Mutter und sah Mutsu auf die Hände.

„Kacke", rief er und streckte eine Hand weit nach oben.

„Wer soll das denn essen!"

Meine Schwester, die neben Yukari an der Spüle stand und die Teller spülte, drehte sich um und lachte. Auch Mutter, wie um ihre ernste Miene von vorher Lügen zu strafen, lachte lauthals.

Die *shiratamadango*-Klopse waren bei uns Standardgericht für einen Snack zwischendurch. Mein Bruder hatte sich streng an die Anordnung von Vater gehalten und die Küche nie betreten, aber ich hatte oft, wie jetzt Mutsu neben Satsuki, neben meiner Schwester gestanden und mitgeholfen. Und in der Tat bin ich auch von Mutter und meiner Schwester gerügt worden, wenn meine Klopse die Form eines Häufchens hatten. Ich vergaß auch oft, einen „Nabel" zu kneten, und dann blieb in der Mitte des Klopses Mehl als solches zurück. Wenn ich ihn als ungenießbar ausspuckte, tat Mutter ihn ungerührt wieder in den Topf zurück und meinte lachend, „wenn man sie noch mal gekocht hat, sind sie in Ordnung". Ob das nun großzügig oder doch schlampig war – so war meine Mutter. Natürlich, für uns Kinder waren die *shiratamadango*-Klopse nicht besonders lecker, aber zusammen mit Eis und gekochten roten Bohnen konnte man sie sehr gut essen. Vielleicht weil Mutter eine Generation älter als die

Eltern meiner Schulkameraden war, gab es bei uns als Snack oft traditionelle japanische Süßigkeiten wie *karintō, imokenpi* oder *gokabō*. Als ich einmal bei einem Freund aus der Schule vorbeischaute, war ich überrascht, als uns als Snack eine Erdbeersahnetorte und schwarzer Tee gebracht wurde. Noch dazu wurden keine Teebeutel verwendet, sondern es war ein Tee, bei dem die Teeblätter in ein längliches Glas gesteckt und von oben herab kräftig zusammengepresst werden.

Wieder zu Hause versuchte ich mit Nachdruck Mutter davon zu überzeugen, wie lecker das war, aber Mutter meinte nur schlicht: „Japanische Süßigkeiten sind besser für den Körper!"

Da klingelte das Handy auf dem flachen Esstisch. Ich stand hastig auf und sah nach, wer anrief. Wie ich es mir gedacht hatte, war es Tonami. Da dies kein Gespräch werden würde, das ich im Wohnzimmer hätte führen können, stand ich auf, wobei ich darauf achtete, die anderen nichts merken zu lassen, und ging in den Flur. Ich spürte zwar, dass Yukari mir besorgt hinterher sah, aber ich war nicht in der Lage, darauf zu reagieren.

„Nimm doch unseres, das Haustelefon", sprach mich Mutter von hinten an. Ohne mich umzudrehen, hob ich nur kurz die Hand und entfernte mich so schnell wie möglich von der Stimme meiner Mutter.

Als ich das Haus verließ, konnte ich Klaviertöne aus dem westlich eingerichteten Zimmer hören.

Wahrscheinlich war es Atsushi, der das Klavier spielte.

Sein verstorbener Vater soll musikalisch gewesen sein und das Stimmen von Klavieren zu seinem Brotberuf gemacht haben. Das schoss mir kurz durch den Kopf, aber ich hatte gerade mit meinem eigenen Beruf alle Hände voll zu tun.

Man hatte sich nicht mit mir in Verbindung gesetzt und deswegen hatte ich schon halb aufgegeben. Das Vorstellungsgespräch war wie erwartet verlaufen. Eine solche Art von Test hatte ich seit früher selten bestanden, und Losglück hatte ich auch absolut keines.

„Alles in Ordnung. Alles in Ordnung. Du brauchst dir nicht so viele Gedanken zu machen", meinte mein ehemaliger Studienkollege aus einem höheren Semester und versuchte fröhlich, umgekehrt mir Mut zu machen, als ich mich am Telefon bei ihm beschämt entschuldigte, und legte auf. Ich setzte mich an der Seite des großen Wagens der Familie meiner Schwester hin und holte wieder meine Zigaretten hervor. Heute rauchte ich mehr als ich eigentlich gewollt hatte. Der Plan war gewesen, bis zu dem Todestag meines Bruders eine neue Stelle gefunden zu haben und dann zu dritt zu meinen Eltern zu fahren. Aber wenn das so weiterging, war es zweifelhaft, ob ich bis Neujahr etwas Neues finden würde. Ein altes Ehepaar, das an unserem Haus vorüberlief, bemerkte mich und grüßte. Ich erwiderte die Verbeugung, aber ich hatte keine Ahnung, wer die beiden waren. „Das ist der Sohn von dem Herrn Doktor", hörte ich etwas verspätet die Stimme der älteren Dame.

Ich nahm mir Zeit und rauchte in Ruhe eine Zigarette. Die Klaviertöne aus dem Haus hatten irgendwann aufgehört. Ich konnte nicht die ganze Zeit hier vor dem Eingang hocken. Als ich mich in das Unvermeidliche fügte und die Wohnungstür öffnete, konnte ich durch die Tür zum Sprechzimmer, das einen Spalt aufstand, zur Hälfte die Gestalten von Vater und Atsushi sehen. Ich weiß nicht, ob Atsushi von selbst das Zimmer betreten oder Vater ihn hereingerufen hatte, aber sie saßen sich gegenüber, als wären sie Arzt und Patient. Ich schlich leise bis kurz vor die Tür. Vater saß auf seinem prächtigen schwarzen Lederstuhl, während er beide Hände Atsushis, der auf der Patientenliege saß, umklammert hielt.

Die sehen geschickt aus, hörte ich meinen Vater sagen. Seine Stimme hatte einen für ihn außergewöhnlich sanften Tonfall.

„Arzt zu sein ist gut! Das ist ein lohnender Beruf."

Vaters Augen wurden schmaler, und er lehnte sich vor und packte Atsushis Schultern mit den Händen. Das waren tatsächlich dieselben Worte, die er mir gegenüber in diesem Sprechzimmer geäußert hatte, als ich gerade in Atsushis Alter war. Ich wurde aus irgendeinem Grund wütend, als seine Stimme es noch einmal wiederholte.

Ich stellte mich in den Eingang und drückte leise die Tür auf. Atsushi hatte das Knarren der Tür gehört und blickte zu mir auf.

„Spiel da drüben", richtete ich meine Stimme, die zeigen sollte, das ich ganz ruhig war, an ihn. Atsushi stieg ruhig von der Patientenliege herab. Er sah Vater nur entschuldigend an, schlüpfte an mir vorbei und ging, mit seinen Schlappen platschend, in Richtung Wohnzimmer. Ich vergewisserte mich, dass Atsushi in der Ecke des Flurs nicht mehr zu sehen war und wandte mich Vater zu und sagte nur:

„Hör bitte auf damit, ihm merkwürdige Dinge einzuflüstern.“ Auf diese Worte hin drehte ich ihm den Rücken zu und nahm die Teeschale, die Vater auf den Tisch gestellt hatte, in die Hand.

„Weil ich ihn sowieso nicht Arzt werden lasse“, bedrängte ich ihn.

Vater drehte sich um und sagte:

„Ich kann sowieso nicht mehr zwanzig Jahre warten.“

Ich hatte das Gefühl, selbst kritisiert zu werden, weil ich kein Arzt geworden war und es nun zu spät dafür war.

„Was sagst du da zu mir …“

Mein Vater richtete seinen scharfen Blick auf mich, ganz anders als er Atsushi angesehen hatte.

„Zu dir habe ich das nicht gesagt!“

Ich schreckte unversehens zurück. Wie immer, wenn ich dieses Zimmer betrat, war ich aus irgendeinem Grund angespannter als nötig gewesen wäre.

„Das weiß ich doch.“ Ich war gekommen, um mich zu beschweren, und nun wurde ich umgekehrt selbst angegriffen. Ich verließ das Zimmer, ohne die Gefühle, die ich hegte, zu offenbaren.

Als ich in den Flur trat, waren die lachenden Stimmen von Mutter und meiner Schwester zu hören. Sie tratschten gerade über jemanden. Sie waren anscheinend nur zu zweit.

Ich schaute in das westlich eingerichtete Zimmer unter der Treppe, aber Yukari war da auch nicht. Ich öffnete die Schiebetür zu dem Zimmer meiner Schwester, wo unser Gepäck abgestellt worden war. Da war sie. Sie blickte kurz zu mir herauf, senkte dann wieder den Blick auf ihre Füße und äußerte mit schwacher Stimme: „Nur eine kleine Pause.“

„Kein Problem, kein Problem. Ruh dich ein wenig aus. Das ist anstrengend, mit Vater und Mutter zu tun zu haben.“

Yukari schwieg. Sie saß auf den Tatami-Reisstrohmatten, die Beine ganz gerade ausgestreckt und den Rücken an den Pfosten der Schiebetür gelehnt, und blickte starr auf einen Punkt vor ihren Zehen. Ich setze mich vor ihre Füße. Wir waren erst vier Stunden in meinem Elternhaus, aber es kam mir vor, als ob wir schon eine kleine Ewigkeit nicht mehr allein zu zweit gewesen wären. Ich dachte daran, ihre Füße anzufassen, aber das Gelächter meiner Schwester und der anderen brachte mich davon ab.

Das Geräusch, wie auf dem Balkon einer Appartment-Wohnung in der Nähe die Futons ausgeklopft wurden, drang bis in das Zimmer hinein. Nachdem das stockende Geräusch – waren es vielleicht Kinder, die mithalfen? – eine Weile zu hören gewesen war, wurde es auf eine angenehme Art merklich kräftiger.

„Es gibt tatsächlich anscheinend keine freie Stelle, hat er gesagt."

„Ach, im Kunstmuseum von Setagaya?", stellte Yukari meine Wort auf den Kopf.

„Was für ein unüberlegter Quatsch dir so aus dem Mund kommt ..."

Tatsächlich, sie war wegen meiner Lüge beim Essen wütend.

„Was sollte ich denn machen, so wie das Gespräch verlief."

Wenn ich ehrlich gesagt hätte, wie meine Situation zu der Zeit war, wäre dadurch auch nichts gewonnen gewesen. Vater hätte mich verächtlich angeblickt, und die Seufzer meiner Mutter wären mehr geworden.

„Jetzt ist daraus Chagall geworden."

„Was?", blickte ich Yukari fragend ins Gesicht.

„Das Ölgemälde, das du restaurierst."

„Chagall?", entfuhr es mir laut.

Bestimmt hatte Mutter nicht richtig zugehört und sich das eingebildet. Sie machte das seit früher gerne so. In Wirklichkeit ging es in der Zeit, in der ich im Atelier gearbeitet hatte, fast immer um solche Dinge wie ein Porträt des Großvaters, das ein Schuldirektor angeschleppt hatte, oder ein Rollbild, bei dem die Schachtel mehr wert war als das Bild selbst. Ich verspürte auch keine Abneigung dagegen, mit Staub und Ruß verschmutzte Bilder zu reinigen und die ursprünglichen kräftigen Farben wieder hervorzubringen, was mir ein gutes Gefühl gab. Ich malte mir dabei anhand des Pinselstrichs und der verwendeten Farbe im Kopf Verschiedenes über die Leute aus, welche die Bilder gemalt hatten. Mit anderen Worten sah ich in diesen Lappalien das eigentlich Interessante an der Arbeit, aber Mutter dachte nicht so. Wenn sie nur das Wort „Ölgemälde" hörte, brachte sie sofort Namen wie van Gogh oder Renoir aufs Tapet und hing so Tagträumen nach, in denen sie die Arbeit ihres Sohnes idealisierte. Da war es überhaupt nicht überraschend, dass, so wie sie halt war, nun auf einmal Chagall ins Spiel gebracht wurde.

Als mein Bruder anfing, an der Medizinhochschule zu studieren, machte sie ein Aufheben, als ob er schon Arzt geworden sei, und als die Klinik, in der er gerade ein Praktikum machte, in den Fernsehnachrichten mal erwähnt wurde, freute sie sich einmal und ängstigte sich ein anderes Mal, als ob es etwas direkt mit meinem Bruder zu tun gehabt hätte.

Der Lärm der Zikaden war, bevor man es recht bemerkte, verschwunden. Vielleicht deswegen hörten sich die Stimmen der Kinder, die vor dem Haus spielten, umso lauter an. Bevor es dunkel wurde, ging ich mit Mutter, Yukari und Atsushi zum Grab meines Bruders. Es lag in einem öffentlichen Friedhof auf einer Anhöhe, von der man das Meer bei Kurihama unter sich sah.

Mutter erzählte auf dem Weg zum Grab von ihren Erinnerungen an meinen Großvater, der gestorben war, als ich noch ein Kind war, und an meinen Bruder, und weinte und lachte dabei. Wenn wir mit dem Auto gefahren wären, hätte sie keine Gelegenheit dazu erhalten. Das wusste sie wohl auch. Von zu Hause waren es zwanzig Minuten zu Fuß. Wir liefen in der Regel den Weg mit der Steigung entlang, die man nicht gerade sanft nennen konnte. Wir kauften Opferblumen und Räucherstäbchen, die neben dem Büro der Friedhofsverwaltung standen, für 800 Yen.

„Die haben früher nur 300 Yen gekostet, die Blumen“, beschwerte sich Mutter, während sie das Wechselgeld in ihr Portemonnaie steckte. Der Weg am Abhang war an seinen Seiten mit Kirschbäumen bepflanzt worden und sah zu Frühlingsanfang schön aus, wenn er zu einem Tunnel aus rosa Kirschblüten wurde. Es gab eine große Anzahl von Leuten, die extra heraufkamen, um die Kirschblüten zu sehen. Aber da die Todestage von Großvater und Großmutter, die außer meinem Bruder auf dem Friedhof lagen, in die Winterzeit fielen, hatte ich die Kirschblüte dort bis dahin noch kaum zu Gesicht bekommen. Weil Vater auf solche Ereignisse wie das Feiern der Kirschblüte – „geht es nicht nur um Alkohol Trinken und Karaoke Singen?“ – verächtlich herabsah, waren wir auch als Familie nicht dorthin gegangen. Ironischerweise starb Vater, der sich so geäußert hatte, ausgerechnet zur Zeit der Kirschblüte, sodass wir uns bei dem Besuch seines Grabes jedes Mal durch das Gewimmel der Leute wühlen mussten.

Das Meer, das wir vom Friedhof oben sehen konnten, war wunderschön. Deswegen wohl waren unter den Inschriften, die auf die Grabsteine gemeißelt worden waren, viele außergewöhnliche wie

„Ruht zusammen mit dem Meer“ oder „Ist zum Meer zurückgekehrt“ zu finden.

Man kann hier und da auch Grabsteine mit gemeißelten Bildern von Fischen oder Segelbooten sehen. Atsushi, wenn er einen solchen entdeckt hatte, ging näher an ihn heran und sprach dann die Inschriften Satz für Satz beim Gehen laut aus. Der Wind, der vom Meer her herauf blies, drehte die Blätter der Bäume auf dem Berg um und erzeugte weiße Wellen. Weil sie sich bewegten, als ob sie lebendige Wesen seien, musste ich an die Märchen von Miyazawa Kenji[15] denken, die ich in meiner Kindheit gelesen hatte.

„Nanu. Wer hat denn hier die Blumen …“

Mutter, die als erstes am Grab angekommen war, drehte sich überrascht zu uns um. Vor dem Grab waren in die Vase Sonnenblumen gestellt worden und schwankten heftig im Wind. Weil vor dem Büro der Friedhofsverwaltung nur Chrysanthemen verkauft wurden, musste jemand sie extra in einem Blumenladen gekauft haben.

„War das vielleicht Yukie?“

Mit einem leicht verwunderten Gesichtsausdruck nahm Mutter den Namen der Frau meines Bruders in den Mund.

„Aber wenn sie extra bis hierher fährt, würde sie doch bei der Familie vorbeischauen …“, erwiderte ich.

„Ja, stimmt“, meinte Mutter und ließ wieder ihre Gedanken wandern.

„Vielleicht Yoshio …“, nannte ich den Namen des Jungen, den mein Bruder gerettet hatte. Auch wenn ich „Junge“ gesagt hatte, so waren in der Zwischenzeit fünfzehn Jahre vergangen und er musste zu der Zeit fünfundzwanzig Jahre alt gewesen sein.

„Der Junge ist nicht rücksichtsvoll genug, um so etwas zu machen …“, stieß Mutter kühl hervor, zog mit beiden Händen die Sonnenblumen heraus und warf sie auf den Rasen.

„Du hast sie rausgenommen?“, fragte ich Mutter überrascht.

„Unsere würden nicht reinpassen“, erwiderte sie, als wäre es ihr lästig, und zeigte auf das Grab.

Daraufhin nahm ich die Chrysanthemen aus dem Bottich, den ich in der Hand hielt, teilte sie sorgfältig in zwei Teile und begann sie

[15] Miyazawa Kenji: siehe Glossar.

aufzustellen. Mutter machte ein versteinertes Gedicht, als ob sie es ablehnen würde, wenn irgendjemand Unbekanntes ihren Sohn berührte. Ich spürte die tiefe Anhänglichkeit von Mutter an meinen Bruder – sie machte mich schaudern.

„Frau Schwiegermutter, soll ich die Räucherstäbchen …", fragte Yukari, streckte ihre Hand aus, erhielt diese von meiner Mutter und zündete sie an. Währenddessen begann Mutter mit der Schöpfkelle, Wasser über den Grabstein zu gießen und sagte:

„Heute war es ja den ganzen Tag so heiß … das tut doch sicher gut …."

Das Wasser der Schöpfkelle lief den Grabstein herunter. Die grauen Schriftzeichen für „Yokoyama" leuchteten für einen Moment schwarz auf, und das Wasser floss weiter herunter. Das Wasser, das sich unterhalb des Grabsteins ansammelte, reflektierte die Abendsonne und funkelte. Die Augen von Mutter schimmerten liebevoll, also ob sie statt eines Grabsteins ihren Sohn leibhaftig vor sich hätte, und man hätte glauben müssen, dass sie mit jemandem reden würde, wenn man ihre Worte mit geschlossenen Augen gehört hätte. Als ich genau hinsah, bemerkte ich, dass sie einen dünnen Lippenstift aufgetragen hatte. Sie hatte zwar vor dem Ausgehen hin und her überlegt, welchen Hut sie aufsetzen sollte, aber dann hatte sie wohl auch vor dem Spiegel Lippenstift aufgetragen? Das war wie bei einer jungen Frau, die nach einer längeren Zeit wieder ihren Freund trifft. Ich wandte mich unwillkürlich ab. Ich hatte zwar schon davon gehört, dass ein Sohn so etwas wie ein lebenslanger Liebhaber wäre, aber für meine Mutter war er es wohl tatsächlich.

Ich dachte, dass sie die Liebe zu und das Vertrauen in meinen Vater verloren hatte und deshalb dieses Gefühl noch um eine Stufe stärker geworden war. Yukari und Atsushi neben meiner Mutter beobachteten ihr Verhalten regungslos. Mit welchen Gefühlen betrachtete wohl Atsushi, der es schon abgelehnt hatte, einem toten Hasen einen Brief zu schreiben, dieses Verhalten? Ich konnte mir angesichts seines Gesichtsausdrucks kein richtiges Bild davon machen.

Der Wind war stark, und so verbrauchte Yukari nutzlos ein paar Streichhölzer, dann schließlich fing das Räucherstäbchen Feuer und sie reichte es Mutter.

Diese hockte sich hin und stellte es als Opfergabe auf, faltete kurz die Hände und machte uns erstaunlich einfach Platz.

Wie vor dem buddhistischen Altar zu Hause standen wir drei hier, die Hände gefaltet und die Augen geschlossen, nebeneinander.

Die Bäume in den Bergen, die den Friedhof umgeben, rauschten beängstigend im Wind. Auf der windabgewandten Seite fuhr ein Zug ratternd die Gleise entlang. Als ich mich umdrehte und hinsah, überquerte gerade die rote Bahn eines Keihin-Schnellzugs, mit der ich gekommen war, die Überführung der Küstenstrecke. Diese Aussicht, die ich als Kind wiederholte Male zu Gesicht bekommen hatte, stimmte mich wehmütig.

„Zum Grab des eigenen Kindes gehen … es gibt wohl kaum etwas Schmerzhafteres … wir haben doch nichts Böses gemacht …", sagte Mutter.

Sie hatte uns den Rücken zugekehrt und zupfte um das Grab herum das Gras heraus. Ich sah das grelle Gelb der Sonnenblumen, die wir entfernt hatten. Mutter hatte dies missfallen, aber für mich war es genau anders herum. In dem nicht besonders langen Leben meines Bruders gab es jemanden, den ich nicht kannte, und zu diesem hatte mein Bruder vielleicht gesagt: „Ich mag Sonnenblumen." Oder vielleicht hatte er auch gemeint: „Du bist wie eine Sonnenblume." Oder jemand hatte dies zu ihm gesagt. Dieser Jemand hatte sich vielleicht an das Lächeln meines Bruders erinnert, hatte im Ort Blumen gekauft und war hierher gekommen. Ich weiß es nicht genau. Nur, wenn es so etwas gab, war dann das Leben eines Menschen nicht doch keine so schlechte Sache?

Als ich in der Küche Mutter angesprochen hatte: „Vielleicht sollten wir zum Grab gehen", fragte sie meine Schwester: „Und was ist mit dir?"

„Ich nicht, danke, ich bin schon kürzlich zum Obon-Allerseelenfest da hingegangen …", erwiderte meine Schwester, die dabei war, den übrig gebliebenen Reis, die Beilagen und anderes in Plastikbehälter zu packen, und Mutter sagte daraufhin: „Nun, ich geh dann wohl mal", und begann eilig, Hut, Strickjacke usw. an sich zu nehmen und sich fertig zu machen.

Meine Schwester, die das sah, war ziemlich verärgert. Sie hatte sicher mitbekommen, dass Mutter bei der Geschichte, die ein Geheimnis zwischen ihnen bleiben sollte, mich um Rat gebeten hatte.

In solchen Dingen hat sie einen erstaunlich guten Sechsten Sinn. Wie ich befürchtet hatte, wollte sich Mutter, als wir nur zu zweit waren, mit mir in Bezug auf den Hausumbau und das Zusammenleben beraten.

„Sag aber nichts zu Chinami", hatte Mutter mich wiederholt ermahnt, als wir den Weg zum Friedhof nebeneinander heruntergingen. Yukari, die einen weißen Sonnenschirm aufgespannt hatte, lief ein Stück von uns entfernt vor uns neben Atsushi. Es sah sehr schön aus, wie auf ihr weißes Kleid mit den fein geschnittenen Falten nur einige wenige Sonnenstrahlen fielen und wie es im Wind wehte. Sie schien, von der stickigen Atmosphäre im Haus befreit, den Spaziergang zu genießen.

Als ich Mutter fragte: „Wie willst du das haben?", reagierte sie mit einer Gegenfrage: „Was hältst du denn für richtig?", und das, obwohl ich bestimmt von klein auf niemand gewesen war, der zu allem eine klare Meinung hatte.

Ob es daran lag, dass sie alt wurde? Jedenfalls hatten plötzlich in den letzten zwei, drei Jahren die Gelegenheiten zugenommen, in denen sie mir, von alltäglichen Dingen angefangen bis hin zu wichtigen, die Entscheidung überließ.

Aber gerade weil es nicht klar war, ob sie sich an meine Entscheidung halten würde oder doch eher nicht, war ich in besonderer Verlegenheit.

„Nobuo ist kein schlechter Mensch, aber … jetzt noch mit fremden Menschen in einem Haus leben … und dann die Kinder mit ihrem lauten Geschreie", sagte Mutter und legte ihr Gesicht in Falten. Leichten Herzens distanzierte sie sich von Nobuo, der ihr so viel geholfen hatte und von ihren Enkeln, die sie verhätschelte. Mutter hatte schon früher einen kaltherzigen Zug, wenn es um fremde Leute ging.

„Du willst in Wirklichkeit gar nicht", zog ich sie auf.

Vielleicht aus Zurückhaltung konnte sie anscheinend meiner Schwester nicht ins Gesicht sagen, dass sie nicht wollte. So schob sie Vater, der bei dem Umzug sein Sprechzimmer verloren hätte, die Schuld in die Schuhe und wiederholte sich:

„Ich glaube, Vater hätte etwas dagegen."

„Nur bei so etwas bringst du Vater ins Spiel", hatte meine Schwester wütend gemeint.

Da sie sich Vater gegenüber üblicherweise recht schroff verhielt, war das sicherlich nur eine feige Ausrede.

„Aber … wenn es so kommt, dann wird es für euch schwierig, zu uns nach Hause zurückzukommen“, ließ Mutter mit einem etwas einschmeichelnden Tonfall vernehmen. Es erinnerte mich daran, wie sie vorhin am Grab zu meinem Bruder gesprochen hatte, und ich schaute ihr unwillkürlich ins Gesicht.

„Für mich kommt das nicht in Frage“, stellte ich klar und wollte gleich diesen Gedanken zunichte machen.

„Es wäre gut nach Vaters Tod …“, sagte sie ohne Umschweife. Sie hatte sich in ihrem Kopf ausgemalt, wie es irgendwie nach ihrer Vorstellung in zehn Jahren sein könnte. Ich wünschte mir hingegen von tiefstem Herzen, dass sich die Dinge in den zehn Jahren möglichst nicht allzu sehr verändern würden.

„Weil ich meinen Bruder nicht ersetzen kann“, sagte ich.

„Das versteh ich doch!“, erwiderte Mutter.

„Nun, dann …“

Atsushi und Yukari, die vorne weg liefen, drehten sich zu uns um und vergewisserten sich, dass wir nicht zurückgeblieben waren.

Mutter schenkte den beiden ein sanftes Lächeln und schwenkte die Sonnenblumen, die sie in der Hand trug. Als Yukari sich wieder nach vorne gedreht hatte und weiterlief, schlug Mutter plötzlich einen ganz anderen Ton an und sagte:

„Wie wollt ihr es halten – mit Kindern, meine ich.“

„Wieso das denn jetzt, so plötzlich …“, sagte ich und verfolgte mit meinem Blick die Rücken der beiden, die sich weiter vorne von uns entfernten und sich unterhielten. Weil der Wind es verhinderte, waren ihre Stimmen überhaupt nicht zu hören.

„Denk gut darüber nach. Weil, wenn einmal eins da ist, wird es schwieriger, sich zu trennen.“

Für einen Augenblick glaubte ich, meinen Ohren nicht zu trauen, und blieb unwillkürlich stehen. Ich wiederholte für mich, was Mutter gesagt hatte, und vergewisserte mich innerlich ihrer Worte. So war das. Also war Mutter tatsächlich nicht zufrieden mit unserer Ehe.

„Was redest du denn da … wäre es nicht normal zu sagen, dass du bald das Gesicht deines Enkelkindes zu sehen bekommen willst oder so?“, erwiderte ich in einem möglichst heiteren Tonfall, um meine Fassungslosigkeit nicht preiszugeben.

„Aber bei euch ist es doch nicht normal", sagte Mutter, als ob sie schmollte, und ging wieder langsam los. Obwohl ich von meiner Mutter genervt war, die sich wie ein unvernünftiges Kind verhielt und die Realität, dass ihre Kinder nicht so geraten waren, wie sie sich das vorgestellt hatte, nicht akzeptierten wollte, lief ich gezwungenermaßen neben Mutter ebenfalls los.

„Das ist heute doch gar nicht mehr selten, so etwas …"

Als ich noch Junggeselle war, hatte sie jedes Mal, wenn wir telefoniert haben, von der „Heirat", „Heirat" gesprochen. Zum Schluss war es ihr so wichtig gewesen, dass sie solche Sätze wie „Es ist egal, wer die Partnerin ist" oder „Ihr könnt euch ja gleich wieder scheiden lassen" äußerte. Ich konnte nicht anders als zu dem Schluss kommen, dass sie mehr als um das Glück ihres Kindes sich nur um ihr Ansehen Sorgen machte. Natürlich ging mir das auf die Nerven, und ich erwiderte schließlich, dass sie, wenn sie mich unbedingt verheiratet sehen wollte, mir dann doch mal ein glückliches Ehepaar zeigen sollte, das mir Lust auf das Heiraten machen würde. Und Mutter sagte daraufhin: „Du sagst da aber schlimme Sachen …" und verfiel plötzlich in Schweigen. Sie schien ihre eigene Heirat zu bereuen und dies hatte mir, der ich als Ergebnis dieser Ehe geboren worden war, einen zusätzlichen Schock versetzt, erinnerte ich mich.

Wir verließen den zickzack verlaufenden Kiesweg des Friedhofs und betraten die Straße, die so breit war, dass Autos sie passieren konnten. Wenn man den steilen Abhang in Richtung Meer herunterlief, spürte man dies in den Beinen, aber ich mochte den Anblick des Ortes unter uns. Ich atmete einmal tief durch. Tatsächlich war die Brandung nicht zu riechen. Stattdessen gab es einen ganz leichten Geruch der Räucherstäbchen, die vor den Gräbern aufgestellt worden waren. Mutter, die neben mir lief, atmete etwas schwerer.

Ich verlangsamte mein Tempo.

„Oh. Ein gelber Schmetterling", sagte Mutter, und als ich in die Richtung blickte, in die sie mit dem Finger zeigte, sah ich, wie ein Gelbling[16] genau im Rücken von Yukari und Atsushi herumflog. Er

[16] Genau genommen handelt es sich bei dem *monkichō* (紋黄蝶) um einen „Colias Erate", aber um des besseren Verständnisses willen soll hier die Bezeichnung „Gelbling" von verwandten Arten der Schmetterlingsgattung „Colias" verwendet werden.

trieb im Wind, der von der Küste her wehte, und sein Flattern sah so aus, als ob er nicht so sehr flog als verzweifelt versuchte, nicht weggeweht zu werden.

„Der da, wird gesagt, ist ein Kohlweißling, der den Winter überlebt hat und im nächsten Jahr gelb geworden ist“, sagte Mutter und folgte dem Schmetterling mit ihren Augen.

„Wirklich? Das kann doch nicht stimmen“, meinte ich.

„Ich habe das so gehört“, sagte Mutter.

„Von wem?“

„Das habe ich vergessen …“

„Hmm“, nickte ich zustimmend, glaubte es aber nicht wirklich. Das war wohl wieder eine Einbildung oder eine Verwechslung.

„Weil ich das so gehört habe, bin ich irgendwie schmerzlich berührt, wenn ich den Schmetterling sehe …“, sagte Mutter und seufzte dabei.

Bestimmt dachte sie bei dem gelben Schmetterling an meinen Bruder. Ich wollte sagen, dass ein Schmetterling, selbst wenn er einen Winter überlebte, nun mal kaum die ganzen Winter in den fünfzehn Jahren seit dem Tod meines Bruders überstanden hätte, ließ es aber dann sein.

Es war, als ich in der Grundschule war. Der Anlass war wohl ein Experiment oder eine Beobachtungsaufgabe im Fach Naturwissenschaften, und wir sollten zu Hause Schmetterlinge schlüpfen lassen. Neben dem Schulhof gab es einen großen Kohlacker, und da wir die Information erhalten hatten, dass es dort viele Kohlweißlingsraupen gäbe, gingen wir nach Schulschluss aufgeregt dorthin. Der Bauer meinte, als wir offen mit ihm gesprochen hatten: „Ja, das nützt mir im Gegenteil sogar sehr, was?“ und gab gern seine Zustimmung. Wir teilten uns auf und suchten die Blätter des Kohls nach den Raupen ab. An einem Kohlkopf waren mit Sicherheit zwei, drei von ihnen zu finden. Ich hatte drei Insektenkörbe mitgebracht und bis zum Sonnenuntergang waren sie voll mit Raupen. Angesichts der Größe dieser Ausbeute war ich ziemlich aufgeregt. Als ich nach Hause kam und die Körbe meiner Schwester zeigte, schrie sie auf und flehte mich weinend an: „Bring sie auf keinen Fall ins Haus.“

Notgedrungen machte ich mich daran, sie in unserem Garten hinterm Haus aufzuziehen. Weil die Insektenkörbe für fast hundert Raupen zu eng waren, säuberte ich ein nicht mehr benutztes Goldfisch-Aquarium, das am Kücheneingang stand, und setzte sie dahin um. Mir war zwar beigebracht worden, dass sie sich von jeder Art von Gemüse ernähren, aber vorsichtshalber entschloss ich mich, sie nur mit Kohl zu füttern.

Ich gab ihnen emsig jeden Tag Kohl zu fressen, und also verpuppten sich alle nach ein paar Wochen. Von dem Tag an ging ich morgens, wenn ich aufgewacht war, schnurstracks zu dem Aquarium im Garten, schaute hinein und vergewisserte mich, dass sich bei den Schmetterlingspuppen nichts getan hatte.

Eines Tages – ich hatte mir gerade die Zahnbürste in den Mund gesteckt –, als ich wie immer in den Garten hinausging, bemerkte ich sofort eine Veränderung. Als ich näher an das Aquarium heranging, war es schneeweiß geworden, als ob in ihm Blumen blühen würden. Es gab zwar noch einige mit kürzeren Flügeln, aber fast mit einem Schlag waren aus hundert Puppen Schmetterlinge geworden. Ich putzte mir hastig die Zähne zu Ende und ging, das Aquarium in den Armen, zur Straße vor dem Haus. Dann entfernte ich den Deckel, hielt den Atem an und wartete eine Weile. Aber vielleicht, weil sie nicht bemerkt hatten, dass der Deckel weg war, oder weil sie noch nicht so weit waren, um loszufliegen, rührten sich die Schmetterlinge nicht. Mich überfiel plötzlich Unsicherheit. Weil ich sie von dem Kohlacker bis hierher gebracht hatte, waren womöglich solche Schmetterlinge geschlüpft, die nicht fliegen konnten. Ich klopfte probeweise mit dem Finger gegen das Glas. Auch da rührten sie sich nicht. Ich hatte das Gefühl, dass schon eine ganze Weile vergangen war. Als ich mir schon anfing zu überlegen, Vater oder Mutter herbeizurufen, kam Wind auf und die Blätter an den Bäumen in der Straße raschelten. In dem Augenblick geschah es.

Vor meinen Augen wurde es für einen Moment vollständig weiß und ich schloss unwillkürlich die Augen. Als ob die Kohlweißlinge in dem Aquarium nur auf den Wind gewartet hätten, flogen sie alle gleichzeitig los. Ich bilde mir ein, dass ich ganz sicher das Flügelschlagen direkt neben meinen Ohren gehört hätte. Es war so laut, als wenn eine Schar von Vögeln raschelnd mit ihren Flügeln geschlagen hätte. In Windeseile waren sie alle verschwunden, und mir zu Händen blieben die vielen Puppenhüllen im Aquarium.

Als ich in das Aquarium blickte, überfiel mich plötzlich Übelkeit. Ich nahm das Aquarium in die Arme und lief zum Garten hinterm

Haus zurück. Ich richtete mit einem Schlauch einen kräftigen Strahl Wasser auf das Aquarium und spülte die Hüllen der Schmetterlingspuppen allesamt fort. Damals habe ich mein Verhalten selbst nicht gut verstanden. Aber heute begreife ich es. Es war unzweifelhaft der Tod gewesen. Nicht die Geburt der Schmetterlinge, sondern der Tod der Schmetterlingspuppen hatte mein Herz heftig erschüttert. Umgeben von einer Schar des Todes hatte ich Furcht empfunden.

Vielleicht war es die Erinnerung an diese Erfahrung. Ich konnte Mutter nicht einfach widersprechen, wenn sie den Gelbling mit meinem toten Bruder identifizierte. Vielleicht hatten Schmetterlinge ja etwas an sich, das auf diese Weise die Menschen an den Tod denken ließ.

Das war nach dem Tod meines Vaters, als ich einmal mit Mutter sein Grab besuchte. Da brachte sie auf dem Rückweg das Gespräch auf die Schmetterlinge:

„Vor kurzem, als ich zum Bahnhof fahren wollte um einzukaufen und zur Bushaltestelle gelaufen bin, ist mir den ganzen Weg ein Schmetterling gefolgt."

Ich sagte nichts und hörte zu.

„Und als ich auf den Bus gewartet habe, ist mir der Schmetterling nicht von der Seite gewichen, als ob er mit mir auf den Bus gewartet hätte …"

Mutter machte, als sie das sagte, ein Gesicht, das nostalgisch und traurig wirkte. Und das, obwohl sie sich doch so oft gestritten hatten und sie gleich bei Vaters Tod alle seine Sachen weggeworfen hatte – Ehepaare waren doch wohl so, dachte ich mit einem kleinen Lächeln auf den Lippen. Aber ich war zu voreilig gewesen.

„Deshalb habe ich meine Stimme erhoben und gesagt, das bist du doch, Vater. Ich genieße hier mein Leben, und deswegen hole mich bitte noch nicht ab. Und als ob er das verstanden hätte, ist er flatternd in Richtung Meer davongeflogen …", sagte Mutter und lachte. Damals habe ich gedacht, wie blöd es von mir gewesen war, gerührt gewesen zu sein, aber heute, nach ihrem Tod, habe ich Verständnis dafür, dass sie sich, in welcher Form auch immer, so an ihn erinnerte.

Als wir bis in die Gegend des Friedhofsausgangs hinab gelaufen waren, entdeckte Mutter am Wegesrand ein Grab, um das sich niemand mehr kümmerte, legte die Sonnenblumen davor und faltete kurz die Hände. Ich hatte schon überlegt, was ich tun sollte, wenn Mutter sie in den Müll werfen würde, und war ein wenig beruhigt.

Wir stießen zu Yukari und Atsushi, die an der Friedhofsverwaltung auf uns warteten, und liefen wieder los. Ein Auto fuhr an uns vorbei, und Mutter sagte mit einer tatsächlich etwas erschöpften Stimme:

„Es fällt mir von Jahr zu Jahr schwerer, diesen Hang hier heraufzulaufen … Wenn du ein Auto hättest, könnten wir ganz leicht hierher kommen", meinte Mutter und sah dem Auto nach.

„Zu Fuß gehen ist gut für die Gesundheit", argumentierte ich. Yukari drehte sich zu mir um und sagte lachend:

„Die Bewegung tut uns wirklich gut. Ich werde heute Nacht gut schlafen können."

Mutter lachte ironisch.

Ich drehte mich in Richtung Friedhof um, zu dem das Auto heraufgefahren war. Die Sonne versteckte sich hinter den Bergen, und das Grün der Bäume wirkte dafür umso kräftiger.

Als wir zu Hause ankamen, war es wohl gegen fünf Uhr abends. Im nun halbdunklen Eingang standen billige, abgetragene Schuhe, deren Anblick mir unbekannt war. Sie waren von Imai Yoshio. Das war der Junge, den mein Bruder im Meer gerettet und dafür sein eigenes Leben gegeben hatte.

Als wir ins Wohnzimmer kamen, saß da Yoshio verspannt, mit seinen dicken runden Beinen kniend auf den Fersen und aß *mizuyōkan*, eine weiche Paste aus *azuki*-Bohnen, die er selbst mitgebracht hatte. Vater saß auf der Veranda im Schneidersitz, an seiner Seite das Räucherwerk gegen Mücken, und schaute regungslos in den Garten. Wir tauschten Begrüßungsfloskeln wie „Lange nicht gesehen" und „Wie geht's" aus und ließen uns verstreut um den niedrigen Esstisch nieder. Mutter brachte Yoshio, der nicht aufhörte zu schwitzen, einen Ventilator, platzierte diesen so neben ihm, dass er ihm auf den Hals blies, und stellte ihn auf „stark". Yoshio schien mir in dem Jahr, in dem wir uns nicht gesehen hatten, wieder ein klein bisschen dicker geworden zu sein. Zu dem Anzug, der ihm zu klein war und den er sich vermutlich bei jemandem geliehen hatte, hatte er sich einen billigen Schlips umgebunden, wie man ihn im kleinen 24-Stunden-Supermarkt kaufen kann. Vor den Altar hatte er einen

Beutel mit der Trauergabe gestellt, dessen Schriftzeichen vom Schweiß verwischt waren. Meine Schwester goss ihm ein Glas mit Gerstentee ein und sprach ihn sanft lächelnd an:

„Also, du schließt nächstes Jahr auch die Uni ab …“

„Ja, dank ihrer freundlichen Unterstützung“, nickte Yoshio und schenkte ihr das Lächeln eines freundlichen Menschen. Er musste, nachdem er zwei oder drei Jahre lang hintereinander durch die Aufnahmeprüfungen gefallen war, an einer berühmten lokalen Privatuniversität mit hohen Studiengebühren, deren Namen ich vergessen habe, die Aufnahme geschafft haben. War das tatsächlich schon fast wieder vier Jahre her?

„Was ist mit der Stellensuche?“, fragte meine Schwester.

„Ich hätte gerne etwas in den Massenmedien gemacht, aber da war nirgendwo was zu machen“, antwortete Yoshio und lachte wieder.

Er hatte das Gesicht seines Vaters, und es war weder niedlich noch verwegen.

„Und was ist mit der Schauspielschule?“, fragte Mutter, die neben dem Ventilator saß.

„Tut mir leid, damit habe ich letztes Jahr aufgehört …“, sagte er. Jedes Mal, wenn er etwas von sich gab, nickte er leicht dazu.

„Ach so? Das ist aber schade“, meinte Mutter.

„Du hast das schon letztes Jahr gesagt. Setz dich dahin“, sagte meine Schwester, und tatsächlich hatte Mutter auch im letzten Jahr schon gemeint, sie würde es bedauern, dass er die Schauspielschule beendet hätte. Mutter schien es vollständig vergessen zu haben.

„Ich jobbe zur Zeit in einer kleinen Anzeigenagentur und hätte nichts dagegen, da eine feste Stelle zu bekommen …“, sagte Yoshio.

„Das wär doch gut“, warf ich munter ein und mit einem „nicht wahr“ suchte ich die Bestätigung von Yukari, die mir gegenüber saß. Sie nickte nur leicht, ohne etwas zu sagen.

„Nun ja, bei den Anzeigen handelt es sich um Werbezettel für Supermärkte und solche Sachen“, antwortete Yoshio verschämt. Vaters Rücken bewegte sich fast unmerklich. Obwohl es nicht so heiß war, hatte er die ganze Zeit ohne Hast seinen Fächer geschwungen, als ob ihm irgendetwas nicht gefallen würde. Yoshio trank das Glas Gerstentee aus, das noch halbvoll gewesen war, wobei er ein schlürfendes Geräusch machte.

„Hast du dich beworben?“, fragte meine Schwester und schüttete nach.

„Nein, das nicht. Ich habe gedacht, ich mache erst einmal mit meinem Job weiter …“, antwortete Yoshio und leerte das Glas wieder in einem Zug. Satsuki, die neben meiner Schwester saß, starrte Yoshio die ganze Zeit an, als ob sie ein seltsames Lebewesen vor sich hätte. Kinder haben wirklich etwas grausam Aufrichtiges an sich.

„Äh … wie auch immer, das Wichtigste ist doch, dass ein Mensch gesund ist, oder?“, sagte meine Schwester. Es war wahrscheinlich ihre Absicht gewesen, ihm aus der Patsche zu helfen, aber im Endeffekt, so wirkte es auf mich, war ihm umso unbehaglicher zumute.

„Meine Gesundheit ist wohl meine einzige gute Seite“, wollte Yoshio wohl einen Witz machen, aber weil er selbst loslachte, bevor die anderen lachen konnten, hatten die Leute in seiner Umgebung umgekehrt den Zeitpunkt dafür verpasst. Eine Weile hallte das Lachen Yoshios in dem Wohnzimmer nach, und danach entstand eine seltsame Pause. Niemand unternahm die Anstrengung, diese zu füllen. Yoshio stellte das Glas mit Gerstentee auf den Tisch und korrigierte seinen knienden Fersensitz.

„Wenn Junpei mir damals nicht geholfen hätte, wäre ich heute nicht hier, und deshalb tut es mir so herzlich leid, wie ich tiefe Dankbarkeit verspüre. Vielen, vielen Dank. Ich lebe mein Leben entschlossen für Junpei mit“, sagte Yoshio und nickte langsam dazu, als ob er seinen eigenen Worten gelauscht hätte. Dann drehte er allen den Rücken zu und schlug die kleine Glocke an, die bei dem Foto von Junpei an der Seite des Altars stand. Yoshios breiter runder Rücken war wieder in Schweiß getränkt und durch sein weißes Hemd hindurch zeichnete sich seine Haut ab. Vielleicht, weil er das lustig fand, begrub Atsushi sein Gesicht zwischen seinen Knien und kicherte. Yukari, die neben ihm saß, stieß seinen Ellenbogen an, damit er aufhörte, aber er konnte es einfach nicht. Die Bewegung von Vaters Fächer hatte irgendwann gestoppt.

Yoshio löste die Hände, die er gefaltet hatte, drehte sich zu uns um, sagte: „Hiermit möchte ich mich verabschieden“ und verbeugte sich tief, beide Hände auf die Tatami-Reisstrohmatten gelegt. Als ich sah, wie er da saß, den Kopf gesenkt, wurde mir klar, dass er entschlossen war, seine Besuche hier in diesem Jahr zu beenden. Er war die ganzen fünfzehn Jahre lang gekommen, ohne ein einziges Jahr auszulassen. Für einen jungen Menschen von heute fand ich das ziemlich pflichtbewusst. Es war für uns auch ein wenig belastend, seinen weiteren Lebensweg zu verfolgen. Das war die passende Zeit für das Ende seiner Besuche. Yoshio, der mit der Jacke in der Hand aufstehen wollte, stolperte plötzlich und fiel gebückt nach vorne. Vermutlich waren ihm die Füße eingeschlafen, nachdem er solange die Beine umgebogen auf den Fersen gekniet hatte. Während er „aua, aua“ schrie, streckte er seine Hand aus, um sich irgendwo festzuhalten. Ich war direkt vor ihm, und so ergriff ich gezwungenermaßen seine Hand und stützte seinen Körper ab. Als wir gemeinsam aufstanden, hatte ich meine Hand an seinem Hosengürtel und da dehnte sich knirschend eine Naht. „Alles in Ordnung?“, fragte Mutter in einem unbekümmerten Tonfall, und fragte „Sind die Füße eingeschlafen?“. Sie schreckte nicht davor zurück, etwas laut zu fragen, wessen sie sich nicht hätte vergewissern müssen, und folgte uns. Das schien für Yoshio zusätzlich beschämend zu sein. Während er auf mich gestützt weiterging, entschuldigte er sich fortlaufend.

Als wir am Eingang angekommen waren, lächelte er mir entschuldigend zu und sagte: „Ich kann jetzt alleine laufen.“ Ich fühlte mich irgendwie schlecht und wollte umgekehrt ihn aufmuntern.

„Du bist doch erst fünfundzwanzig. Wenn du dich anstrengst, wird es schon werden“, sagte ich und klopfte ihm auf den Rücken. Da machte es platsch, ein unheimliches Geräusch. Vor meinen Fingern war es vor Schweiß so nass wie das Handtuch, das ich gerade im Bad benutzt hatte.

„Naja, ich kann mein weiteres Leben schon vor mir sehen …“ Er stieg die Stufe zum Eingang herunter und zog seine Schuhe an, wobei er mir unterwürfig zulächelte. Das war nicht das Gesicht eines 25-jährigen jungen Mannes. Zum ersten Mal überkam mich ein heftiger Widerwille gegen dieses Lächeln. Ich wischte mir heimlich meine feuchte Hand an meiner Hose dort, wo das Gesäß war, ab. Verspätet kamen auch meine Schwester und Mutter herbei, um ihn zu verabschieden.

„Zeig dich auch nächstes Jahr wieder“, sagte Mutter, und kniete dabei genau so wie zu dem Zeitpunkt, als sie uns begrüßt hatte, auf dem Holzboden des Flurs, und lächelte Yoshio zu.

Dieser, der dabei war, die zu enge Jacke anzuziehen, hielt in seinen Bewegungen inne und drehte sich um.

„Versprich es. Komm ganz sicher, bitte. Wir erwarten dich“, sagte Mutter und lächelte dabei, aber in ihren Pupillen war eine Härte zu erkennen, die keinen Widerspruch duldete. Sie würde doch natürlich nicht Yoshio mit meinem Bruder identifizieren?

Warum also beharrte sie so auf seinem Besuch? Ich verstand das nicht wirklich. Vielleicht war es so, dass sie nicht ertragen konnte, wenn alle Dinge, die mit meinem Bruder zu tun hatten, eines nach dem anderen verschwinden und er vollständig der Vergangenheit anheim fallen würde. So gesehen war das für Yoshio eine ziemliche Last.

Während sich auf seinem Gesicht Verlegenheit zeigte, antwortete er mit einem Nicken. Und als er irgendwie seine Jacke angezogen bekommen hatte, sagte er „Ich verabschiede mich“, verbeugte sich noch ein letztes Mal und öffnete die Haustür. Er schloss sie unerwartet kraftvoll mit einem Knall, worauf der ganze Flur bebte. Von der anderen Seite der Tür her hörte man noch, wie Yoshio „Entschuldigung“ sagte.

„Er ist auch schon wieder dicker geworden, was, der Junge …“, flüsterte meine Schwester, ohne abzuwarten, dass sich die Schritte Yoshios entfernt hatten.

„Das sind bestimmt hundert Kilo. Und das ganze Fett am Rücken …“, sagte Mutter, stand auf und fasste sich, immer noch dem Eingang zugewandt, an den eigenen Rücken.

„Er hat zwei von dem *mizuyōkan* gegessen. Die er selbst mitgebracht hat. Mit *ogura* und mit grünem Tee“, meinte meine Schwester und zeigte zwei erhobene Finger.

„Er hat drei Gläser von dem Gerstentee getrunken“, fügte Mutter hinzu und erhob drei Finger.

Wir setzten uns, wer auch immer zuerst, in Richtung Wohnzimmer in Bewegung. Plötzlich schrie meine Schwester „Iih“ und sprang zur Seite.

„Da, guckt mal. Da ist Schweiß heruntergetropft. Und da auch. Igitt, ist das ekelig“, sagte sie.

Tatsächlich waren da, wo Yoshio entlang gegangen war, vereinzelt Schweißtropfen zu sehen. Mutter holte einen Lappen aus der Küche, warf ihn auf den Boden und begann, ihn mit dem Fuß zu wischen.

Mir fing Yoshio an, irgendwie wirklich leid zu tun. Weil ich auch viel schwitze, verstehe ich das, und es kommt häufig vor, dass das mitgebrachte Papier matschig wird oder die mit dem Stift geschriebenen Schriftzeichen verwischt sind. Aber da kann man nichts dagegen tun. Es war nicht zum Aushalten, wie sehr er verabscheut wurde, wo er doch extra eine Opfergabe mitgebracht hatte. Hätten wir nicht auch die Klimaanlage anmachen können, statt nur einen Ventilator aufzustellen? Und gar nicht davon zu reden, dass wir ihm nicht hätten sagen brauchen, dass er auch nächstes Jahr kommen solle, dachte ich, während ich Mutter zusah, wie sie geschickt mit der Fußspitze den Lappen festhielt.

„Er hat gesagt ‚Wenn Junpei mir damals nicht geholfen hätte', aber man sagt ‚gerettet', in Wirklichkeit", murmelte Mutter, den Blick auf den Boden gerichtet.

„Hätten wir ihm nicht den Rodeo Boy im ersten Stock mitgeben sollen?", meinte meine Schwester in einem gleichgültigen Tonfall, während sie wieder begann, die zur Hälfte übrig gebliebene Bohnenpaste zu essen.

„Ja, genau. Sollen wir das machen?", antwortete Mutter und hörte plötzlich auf, ihren Fuß zu bewegen.

„Lauf ihm zur Bushaltestelle nach", fügte sie hinzu, wandte sich meiner Schwester zu und wedelte hektisch mit der Hand.

„Ich habe keine Lust. Geh du, Ryō", brachte sie das Gespräch auf mich, obwohl sie selbst den Vorschlag gemacht hatte.

„Ne, dazu habe ich jetzt auch keine Lust", sagte ich frustriert im Wohnzimmer stehend.

„Wegen dem da …", murmelte Vater auf der Veranda sitzend, wobei er in Richtung Garten schaute.

„Wegen so einem nutzlosen Kerl, ausgerechnet wegen so einem musste unser Kind … Es hätte doch statt ihm so viele andere gegeben", sagte Vater, als ob er ausspucken würde.

Und sein Gegrummel war kein Selbstgespräch, sondern eindeutig gedacht als etwas, was alle mitbekommen sollten. Ich schaute wieder in Atsushis Gesicht. Er kicherte wieder.

„Niedrig oder nutzlos oder so – verwende doch nicht solche Ausdrücke. Vor den Kindern …", sagte ich und sah auf Vater herab.

„Massenmedien. So was Überhebliches …", ignorierte Vater meine Ermahnung und sprach weiter.

„Er war doch wirklich nicht überheblich, nicht wahr", versuchte ich so ruhig wie möglich Vater zu überzeugen.

„Ich, ich … du bist doch nur ein Jobber", wiederholte er Yoshios Worte, obwohl er die ganze Zeit so getan hatte, als ob er nicht zugehört und nur mit dem Fächer gewedelt hätte.

„Warum denn nicht? Er ist doch noch jung", sagte ich und ließ mich langsam auf einem Sitzkissen nieder.

„Er ist völlig nutzlos so ein großer Klotz geworden. Das ist zu nichts nutze, dass der Kerl lebt."

Bei diesen Worten fiel es mir schwer, mich im Zaum zu halten. Aber ich konnte vor Yukari und Atsushi nicht noch ein heftigeres Wortgefecht mit Vater führen. Deshalb atmete ich tief ein und wartete ein wenig, bis mein Zorn sich gelegt hatte.

Meine Schwester nutze die Pause zwischen uns beiden und versuchte, einen Scherz einzuwerfen: „Aber deswegen hat er sich doch entschuldigt? Entschuldigung, Entschuldigung. Wer war das noch mal? Der Schriftsteller Dazai Osamu?[17]"

Sonst war ich immer dankbar, wenn sie mir auf diese Weise ein Rettungsboot zur Verfügung stellte, aber an diesem Tag war ich verstimmt, weil ich das Gefühl hatte, irgendwie veralbert zu werden.

„War das nicht Hayashiya Sanpei, der Rakugo-Komiker?", warf Mutter ein, während sie den Ventilator fortstellte, führte die geballte Faust zur Stirn und verbeugte sich mit einem „Entschuldigung". Als Yukari diese Darstellung sah, musste sie unwillkürlich losprusten. Atsushi neben ihr hatte die ganze Zeit seit eben, den Kopf zwischen seinen Knien, ein Lachen unterdrückt. Mich störte das gerade und ließ mich umso mehr in Erregung geraten.

„Die haben doch nichts damit zu tun, Dazai Osamu und Hayashiya Sanpei", sagte ich und sah meine Schwester und meine Mutter an.

Vater saß auf der Veranda und schwenkte seinen Fächer.

„Ich wollte sagen, dass man das Leben eines Menschen nicht mit einem anderen vergleichen soll", verlieh ich meinem Gefühl gegenüber meinem Vater Luft, in seinen Rücken hinein. „Er gibt sich doch so viele Mühe, wie es nur geht. Vielleicht gerät sein Leben nicht so, wie er es sich vorgestellt hat. Aber man kann ihn doch nicht als niedrig oder nutzlos bezeichnen", redete ich langatmig, ohne das Gesagte richtig ordnen zu können. Das machte mich selbst wütend.

Atsushi, der direkt vor mir saß, flüsterte Yukari zu: „Der Mann. Nur einer seiner Strümpfe war ganz schwarz." Yoshios Strümpfe,

---

[17] Dazai Osamu: siehe Glossar.

die ich nicht richtig hatte sehen können, als er auf den Fersen kniete, schienen Atsushi die ganze Zeit über beschäftigt zu haben. Als meine Schwester das gehört hatte, warf sie ein: „Habe ich gesehen, habe ich gesehen, ein Strumpf war ganz schwarz" und lachte los. Atsushi lachte gleichfalls und machte ein vergnügtes Gesicht, wie er es normalerweise nicht zeigte, wenn er mit mir zusammen war. Dann wies er mit dem Finger auf seine Strümpfe und zeigte sie Yukari und meiner Schwester. Yukari, die wegen mir ihr Lachen unterdrückt hatte, hielt es nicht mehr aus und kicherte.

„Lacht nicht", schrie ich und wandte mich Vater und Atsushi zu. Passend dazu fiel ein Glas mit Gerstentee um, das auf dem Tisch stand.

„Oh, du hast was verschüttet?", fragte Mutter mit absichtlich lauter Stimme und warf mir einen Lappen hin.

„Du musst doch hier nicht herumschreien", sagte meine Schwester, und schaute mich, während sie den Lappen nahm und den Tee aufwischte, missbilligend an. Statt meinen engstirnigen Vater zu kritisieren, richtete sie die Speerspitze ihrer Kritik gegen mich, was ich nicht einsehen konnte.

„Was regst du dich auf, in deinem Alter. Das hat doch nichts mit dir zu tun", tat Vater, der sich selbst über Yoshio aufgeregt und ihn kritisiert hatte, sein eigenes Ich beiseite und spielte plötzlich den Erwachsenen.

„Ist ein Arzt so etwas Überragendes?", wandte ich mich noch einmal Vater zu, weil ich es nicht dabei bewenden lassen konnte. Die Schachtel mit den Papiertaschentüchern in der Hand sah mich Yukari an, mit dem Ausdruck eines „Hör auf" in ihren Augen.

„Ist die Arbeit in einer Anzeigenagentur nicht auch hervorragend?", fügte ich hinzu: „Wir wissen auch nicht, was aus meinem Bruder geworden wäre, wenn er noch leben würde. Menschen, was!"

Ich wiederholte so die Worte, die Mutter über Komatsu vom Sushi-Geschäft geäußert hatte. Ihr überragender Sohn, auch wenn er erstklassige Zeugnisse hatte, wäre jetzt auch schon fünfundvierzig. Die Möglichkeit, dass er ein Mann im mittleren Alter wie alle anderen geworden wäre, war auch nicht gleich null gewesen. Es gab keinerlei Garantie dafür, dass er, wie Vater und Mutter es erwartet hatten, immer weiter an der Spitze des Feldes gelaufen wäre. Er hätte vielleicht den Arztberuf aufgegeben und wäre arbeitslos gewesen, oder er hätte sich vielleicht scheiden lassen. Trotzdem idealisierten sie seine Existenz, wenn sie von ihm sprachen, und das war eine Belastung für die von uns, welche in der Realität leben mussten. Ich wollte etwas Sarkastisches sagen, was meine unverstellte Sicht der Dinge enthielt, aber ich hatte es vielleicht ein wenig mit dem Sarkasmus übertrieben. Alle im Raum hielten in ihren Bewegungen inne und es wurde sehr ruhig im Wohnzimmer. Selbst meine Schwester schien diesmal die Atmosphäre nicht mit einem Scherz retten zu können. Da öffnete sich fließend die Papier-Schiebetür zum japanisch eingerichteten Zimmer. Als alle sich dorthin umdrehten, stand dort Nobuo. Er hatte die ganze Zeit geschlafen, nun war er anscheinend aufgewacht, als er unseren Wortwechsel hörte.

„Äh, ja … als ich die Worte ‚nutzlos', ‚nutzlos' gehört habe, habe ich mich nicht herausgetraut, weil ich gedacht habe, ich wäre gemeint, aber das war ja Yoshio. Das hat mich beruhigt", sagte Nobuo in einem Atemzug und zeigte sein wie immer unbekümmertes Lächeln.

Durch dieses Lächeln löste sich die angespannte Atmosphäre im Wohnzimmer mit einem Schlag auf. Mutsu, der wohl mit Nobuo zusammen geschlafen hatte und eine Frotteedecke wie einen Umhang vom Kopf herab trug, schoss an Nobuo vorbei und griff nach dem *mizuyōkan* auf dem Tisch.

Die Zeit, die angehalten hatte, begann wieder, sich vorwärts zu bewegen.

„Aber er könnte ein wenig abnehmen, nicht wahr", sagte Mutter und fing an, das *mizuyōkan* aufzuräumen, das Yoshio gegessen hatte.

„Ja, stimmt", pflichtete ihr meine Schwester bei.

„Wie hieß er noch? Der Sumo-Ringer von früher, der ihm ähnelt", fragte Mutter und schloss ihre Augen, um ihr Gedächtnis zu durchforsten.

„Takamiyama?[18]", schlug meine Schwester mit lauter Stimme vor.

„Das ist doch der Hawaiianer, der in der Reklame für die Japan Foundation mit dem ‚Vorsicht Feuer'. Nein, jemand anderes. Der

---

[18] Takamiyama: siehe Glossar.

mit dem verbeulten Gesicht eines Weinerlings“, antwortete Mutter und demonstrierte das, indem sie ihre Handflächen vor ihrem Gesicht krümmte. „Was soll das denn sein, ein Weinerling“, sagte meine Schwester, wobei sie Mutter ansah.

„Naja, weil, als er von dem Sumo-Ring runter auf sein Gesicht gefallen ist, hatte er Schürfwunden an der Stirn und am Kinn, aber die Nase hatte nichts abbekommen“, sagte Mutter und musste selber lachen.

„Sollen wir so langsam nach Hause fahren? Unser Fahrer ist ja auch schon aufgewacht“, und auf diese Worte meiner Schwester hin stoppte Nobuo, der gerade den Deckel von der Schachtel mit dem *mizuyōkan* genommen hatte, seine Bewegungen und fragte: „Äh, wir fahren schon nach Hause?“

„Nach Hause“, antwortete meine Schwester, stand auf und verließ das Wohnzimmer, wobei sie „Vorsicht, die Türen zu und Vorsicht vor dem Feuer ...“ sang. Ich erinnerte mich, dass das Lied in einem Werbespot mit Takamiyama vorkam.

Vater, der merkte, dass sich das Familientreffen auflöste, kam von der Veranda ins Wohnzimmer. Erregt mit dem Fächer wedelnd sagte er, während er hinter meinem Rücken vorbeilief: „Musstest du auch noch Junpei ... wem wolltest du das denn sagen ...“, und murmelte weiter. Er würde sich wahrscheinlich wieder für eine Weile in sein Behandlungszimmer zurückziehen. Nobuo, der in das japanisch eingerichtete Zimmer gegangen war, um seine Jacke zu holen, streckte noch einmal seinen Kopf durch die Papierschiebetür hinaus und sagte: „Ryōta, der RV, ja?“, wobei er lachte und die Bewegung nachmachte, mit der man ein Lenkrad in den Händen hält, und rannte dann meiner Schwester hinterher in Richtung des westlich eingerichteten Zimmers.

Ich erwiderte notgedrungen sein Lachen mit etwas Verspätung. Mutsu, das *mizuyōkan* in den Händen, lief Nobuo hinterher. Yukari, die ein Tablett trug und mit Mutter zusammen in Richtung Küche ging, rief Atsushi zu: „Bringst du uns das *mizuyōkan*?“

Atsushi stand auf und ging in die Küche. Ich blieb allein im Wohnzimmer zurück. Ich hörte meine Schwester in dem westlich eingerichteten Zimmer singen. Nobuo und Satsuki fielen vergnügt mit ein. Auf dem Wäscheständer im Garten vor dem japanisch eingerichteten Zimmer schwankte eine Plastikplane im Wind. Die sich langsam bewegende Plastikplane, durch die gelbe Strahlen der

Abendsonne hindurch schienen, wirkte auf eine leicht traurige Art schön.

Als ich dieses frische Gelb sah, fielen mir wieder die Sonnenblumen vom Friedhof ein. Ich hatte das Gefühl, ein vereinzeltes Kind zu sein, das sich nicht anpassen konnte und die Witze anderer nicht verstand. Ja, vielleicht war es für mich in dieser Familie von klein auf so gewesen. Ich berührte den Lappen, mit dem der Tee aufgewischt worden war. Er fühlte sich kalt an. Ich hätte tatsächlich nicht herkommen sollen – so bereute ich mein Kommen zu diesem Zeitpunkt ein wenig.

„Kein Problem, so teuer ist das nicht. Ist doch leicht. Wie viel das wohl kostet ... Das ist doch gut. Davon kauft man doch zwei oder drei ..." Die Stimme Mutters, die im Flur mit meiner Schwester telefonierte, war bis ins Wohnzimmer zu hören. Ich verstand überhaupt nicht mehr, worum es ging. Das Gespräch, das mit der Vergewisserung begonnen hatte, ob Mutter die Mütze, die Mutsu wieder vergessen hatte, nachschicken oder im Haus aufbewahren sollte, hatte sich ständig neuen Themen zugewandt und war selbst nach zehn Minuten noch nicht zu Ende. Wir fingen nun ohne Mutter wieder an zu essen, weil das teure Aal-Gericht, das uns geliefert worden war, langsam kalt wurde.

„Die Frau Schwiegermutter hat auch eins", sagte Yukari, und hielt ihre Hand ans Ohr, als ob sie mit einem Handy telefonieren würde.

„Da liegt es", antwortete ich und zeigte mit meinen Essstäbchen auf die Anrichte in einer Ecke des Wohnzimmers. Mutter hatte das pinkfarbene Handy, das leicht zu bedienen war und von meiner Mutter „Das Leichte" genannt wurde, dort abgelegt, wo es nun einsam und verlassen lag. Meine Schwester hatte es für meine Mutter, die nicht gut mit Technik umgehen konnte, besorgt.

Vater, der den Aal nicht angerührt und die ganze Zeit nur Bier getrunken hatte, ergänzte: „Wenn sie von hier jemanden anruft, geht sie extra in den Flur und benutzt das Haustelefon", was er anscheinend komisch fand.

Yukari legte fragend – warum denn wohl – den Kopf zur Seite.

„Wenn keine Schnur dran ist, habe sie kein Vertrauen dazu, sagt dieser Strohkopf", sagte Vater boshaft, lachte süffisant und goss Yukari Bier in das halbvolle Glas nach. Sie lachte und griff dabei nach dem Glas. Ob er sich freute, weil jemand mit ihm zusammen trank? – er hatte jedenfalls seit einiger Zeit gute Laune. Als sich das Lachen der beiden überlappte, kam Mutter zurück ins Wohnzimmer, wobei sie Mutsus Mütze auf einer Fingerspitze kreisen ließ.

„Sie sagt, wir können sie hier lassen“, sagte Mutter, und als sie sich auf einem Sitzkissen niederlassen wollte, bemerkte sie, dass Vater und Yukari, die auf Sitzkissen saßen, am Lachen waren.

„Was denn, was ist denn so lustig?“, fragte sie und warf die Mütze auf einen Stapel von Sitzkissen, die in einer Ecke lagen.

Vater wollte Mutter nicht ins Gespräch einbeziehen und winkte mit einem „nichts, nichts“ ab. Er trank einen weiteren Schluck Bier, das ihm zu schmecken schien, und wischte sich mit dem Daumen Schaum von seinem Schnurrbart. Yukari unterdrückte ein weiteres Lachen und schaute auf den Boden. Als Mutter dies sah, schien sie eifersüchtig zu werden.

Ob man wirklich sagen konnte, dass Mutter gern telefonierte, weiß ich nicht. Sicherlich rief sie oft bei mir an, aber das lag vielleicht daran, dass ich so selten bei ihr vorbeischaute. Wenn ich mich ab und zu hätte blicken lassen, wäre es vielleicht nicht nötig gewesen, mich anzurufen.

Es tut mir ein wenig seelisch weh, wenn Mutter nicht deswegen telefonierte, weil sie es gern gemacht hätte, sondern es aus Notwendigkeit, als Ersatz für ein direktes Treffen tat.

Kurz vor und nach dem Tod meines Vaters merkte sich Mutter, die das Telefonieren mit dem Handy eigentlich hasste, dessen Handhabung und versendete oft E-Mails. Sie korrespondierte dann mit Mutsu und Satsuki und war glücklich, „Mail-Freunde gefunden“ zu haben.

Ich erinnere mich noch sehr deutlich daran, wie ich das letzte Mal mit Mutter telefoniert hatte. Es war nach neun Uhr am 29. Dezember. In unserem Appartement in Yotsuya klingelte das Telefon. Ich hörte das Klingeln, während ich im Bett war, und ich wusste sofort, dass mit Mutter etwas passiert sein musste. Der Fehler, den ich begangen hatte, verursachte Schmerzen tief in meiner Brust. Der Anruf war von meiner Schwester. Sie waren von Mutter angerufen worden, aber irgendetwas stimmte mit ihr nicht. Sie hatten einen Krankenwagen zu ihr geschickt und würden selbst sofort dorthin fahren, aber ich sollte auch so schnell wie möglich kommen. Das hatte meine Schwester gesagt. Ich legte auf und bevor ich mich zum Ausgehen fertig machte, rief ich probehalber selbst zu Hause an.

„Hallo, hier Yokoyama“, sagte meine Mutter. Schon das überraschte mich. Was war passiert? „Kein Problem. Ich bin irgendwie hingefallen. Mir ist kalt.“ Mutters Sprechweise war langsamer als sonst, und sie wiederholte sich ständig, ohne auf den Punkt zu kommen.

„Mir ist kalt, ich kann mich nicht bewegen. Was ist wohl los?“

Hilflos umklammerte ich den Telefonhörer, und während ich das tat, hörte ich die Sirene des Krankenwagens näher kommen.

„Der Krankenwagen kommt“, sagte ich.

„Ach so?“

„Chinami hat ihn gerufen.“

„Oh, das ist mir aber peinlich.“

„Das ist doch jetzt nicht die Situation, so etwas zu sagen.“

Ungeduldig wartete ich am Telefon. Nach einer Weile kamen die Rettungssanitäter ins Haus, und einer von ihnen kam statt Mutter ans Telefon. Ich übermittelte ihnen meine Absicht, zu unserem Elternhaus zu fahren, und sie gaben mir die Adresse der Notfallklinik, in das sie wohl gebracht werden würde. Wie ich später erfahren habe, hat Mutter den Sanitätern selbst ihren Krankenversicherungsausweis gegeben. Wie hat sie ihnen den Ausweis, der auf dem Fernseher lag, geben können, obwohl sie auf dem Flur saß und nicht mehr aufstehen konnte? Auch meine Schwester fand das merkwürdig, aber das war typisch für unsere standhafte Mutter.

Etwa eine Woche, bevor Mutter zusammengebrochen war, hatte Vater mich angerufen, was selten vorkam.

Ohne seinen Namen zu nennen, sagte er: „Hallo, wie geht's?“ Ich wusste bei diesen Worten sofort, dass es sich um Vater handelte, und antwortete „Geht so.“ Ich bemerkte, dass das Verhalten von Vater, der ausnahmsweise einmal selbst anrief, anders war als sonst. „Was machen deine Beine?“, fragte ich, und ohne darauf zu antworten sprach er aus, mehr oder weniger stammelnd, was er auf dem Herzen hatte.

„Es geht um Mutter.“ Seine Worte aufnehmend antwortete ich munter: „Ah … darum brauchst du dir keine Sorgen zu machen.“ „Wirklich?“, fragte er, und weil seine Stimme dabei so ernst klang, überkam mich ein ungutes Gefühl.

„Ja, es wird wahrscheinlich der 28ste werden“, sagte er klar und deutlich.

Da wachte ich auf. Das war ein wahnsinnig realer Traum gewesen. Ich habe immer noch Vaters Stimme von damals tief im Ohr. Er war das Jahr zuvor gestorben. Dessen war ich mir in meinem Traum durchaus bewusst, während ich mit ihm redete. Auch als ich aufgestanden war und mir das Gesicht gewaschen hatte, blieb mir die Zahl 28 im Gedächtnis haften. Der 28. Dezember war mein letzter Arbeitstag. Ich hatte mit den anderen Mitarbeitern der Redaktion verabredet, eine kleine Abschlussfeier zu machen, und danach wollte ich zu Hause den Neujahrs-Großputz durchführen sowie Neujahrskarten schreiben, und ich hatte geplant, am 31. Dezember mit Yukari und Atsushi zu dritt zu meinem Elternhaus zu fahren, in dem meine Mutter lebte.

Mir widerstrebte es, meinen Traum zu ernst zu nehmen, aber ich schickte Mutter bis zum 28sten jeden Tag eine E-Mail. In ihren Antwort-E-Mails machte sie sich wie immer Sorgen um meine Zähne und um meinen Körper. Ich war daher vollständig beruhigt und fuhr nicht hin, um nach ihr zu sehen. Obwohl mich Vater doch gewarnt hatte. Ich würde ja sowieso drei Tage später nach Hause fahren. Ich dachte, wenn ich jetzt fahre, muss ich die ganzen Tage über Neujahr dableiben. Das wollte ich vermeiden. Ich hatte weder seelisch noch körperlich den Spielraum, so viel Zeit mit meiner Mutter zu verbringen, glaubte ich. Meine Gewissensbisse oder Schuldgefühle deswegen sind bis heute nicht verschwunden. Ich weiß ehrlich gesagt nicht, was ich hätte machen sollen, wenn ich an ihrer Seite gewesen wäre, als sie zusammenbrach, aber ich habe danach wiederholte Male geträumt, dass ich Mutter in den Armen halte und mit ihr auf den Krankenwagen warte. Es hat drei Jahre gedauert, bis ich den Traum nicht mehr hatte. Was ich aus dieser Begebenheit gelernt habe, ist, dass es Fehler gibt, die man im Leben nicht mehr wieder gut machen kann. Aber es war erst viel später, als mir das bewusst wurde.

Mutter hob wieder den Deckel von dem Schälchen mit dem Aal, von dem sie bisher nur einen Happen zu sich genommen hatte, und begann, ihn mit Genuss zu essen.

„Wenn schon, dann wäre es gut gewesen, wenn die auch noch mit uns zu Abend gegessen hätten“, sagte Vater und kritisierte damit indirekt Mutter, weil sie die Familie meiner Schwester nicht aufgehalten hatte. Vielleicht hatte Vater das gar nicht so gemeint, aber wenigstens Mutter fasste es so auf.

„Es ist doch gut so. Der ganze Haufen würde mich ständig auf Trab halten, das wäre ja nicht zum Aushalten."

Was sie als „der ganze Haufen" bezeichnet hatte, waren vier Personen. Es war nur eine mehr als bei uns. Vielleicht, weil das Yukari aufgefallen war, hörte sie für einen Moment auf, ihre Essstäbchen zu bewegen, und nach nochmaligem Überlegen schaute sie Atsushi lächelnd ins Gesicht und sagte:

„Das ist doch großartig, mittags Sushi und abends Aal, oder?"

Atsushi aß weiter, ohne zu antworten.

„Da hätte ich nicht so viel Tempura machen brauchen. Die reinste Verschwendung", sagte Mutter und drehte sich zur Küche hin um. Als Yukari dies hörte, verriet ihr Gesicht, dass sie „verdammt" dachte. Für Mutter war das Wichtigste beim Mittagessen unter allen Umständen das Tempura.

„Sollen wir ein bisschen von dem Tempura mit nach Hause nehmen?", fügte Yukari hinzu, um wieder Punkte gut zu machen.

„Das schmeckt doch gar nicht mehr, wenn es weich wird", sagte Mutter, wobei sie Yukari nicht direkt anschaute, und begann, mit den Essstäbchen in ihrer klaren Aallebersuppe zu rühren. Ein wenig ratlos schaute Yukari zu mir hin. Mach dir nichts draus, sie ist immer so, signalisierte ich ihr mit den Augen und konzentrierte mich auf meinen Aal.

„Für das ‚Kiefer'-Menü ist das genau das Richtige. Die andern Menüs unter ‚Bambus' kommen nicht mit der Aallebersuppe. Sondern mit einer klaren Suppe als Fertiggericht", sagte Mutter, aß die Suppe und schlürfte dabei. Vater verzog leicht das Gesicht, als er ihr Schlürfen hörte. „Du hast absolut keine Manieren", hatte er sich über ihre Essweise beschwert – dass sie Geräusche beim Essen machte oder den Reis mit der Beilage zusammen in den Mund steckte. Wenn sie nicht dabei war, sagte er oft, dass man ihr nicht die Erziehung von Kindern anvertrauen könne. Wenn Vater abwesend war, meinte Mutter hingegen, dass es doch besser schmecken würde, wenn man sie gleichzeitig essen würde.

„Kannst du das essen?", fragte Yukari Atsushi, der mit seinen Essstäbchen ein Leberstück aus der Aallebersuppe so hielt, als ob er es ekelig finden würde.

„Ja, ich kann das essen, aber …“, erwiderte Atsushi zweifelnd, und Yukari lachte und legte den Kopf auf die Seite.

Vater, der ihren Wortwechsel mitbekommen hatte, spähte in Atsushis Schälchen.

„Wenn du das nicht magst, isst der Opa das für dich“, sagte Vater, lutschte geräuschvoll an seinen Essstäbchen, und dann tauchte er sie ohne Rücksichten in Atsushis Schälchen, pickte das Leberstück heraus und schob es sich in den Mund. Atsushi schaute wie vom Donner gerührt auf Vaters Mund und dann auf sein Schälchen.

Mutter machte für einen Augenblick ein enttäuschtes Gesicht, vielleicht, weil sie das Gefühl hatte, dass Vater die von ihr so gelobte Aallebersuppe missachten würde.

„Na, als Ersatz bekommst du jetzt von Oma ein Stück Aal“, sagte Mutter mit einem künstlichen Lächeln, trennte ein Stück von ihrem Aal ab, nahm es mit ihren Essstäbchen auf und legte es auf Atsushis Aal.

„Ah, da hast du aber Glück gehabt“, meinte Yukari und lachte wieder. Als Vater dies sah, bekam nun er schlechte Laune. Obwohl ich in bester Absicht die Leber gegessen habe, will sie mir nun meinen Enkel wegnehmen?

„Fängt das schon wieder an“, dachte ich und versuchte, mich so weit wie möglich von ihrem plumpen Hin und Her zu distanzieren. Seit früher versuchte ich, das Verhalten meiner Eltern vor meinen Augen als eine Szene in der Handlung eines Fernsehdramas zu betrachten. Das hatte ich mir seit Langem so angewöhnt. Ich war nicht in der Lage, wie meine Schwester das Kunststück fertig zu bringen, dazwischen zu gehen, es ins Lächerliche zu ziehen, Witze zu machen oder die Situation durcheinanderzubringen und damit den Frieden wieder herzustellen. Auch Yukari hatte sich selbstverständlich noch nicht die Technik eines solchen Verhaltens aneignen können.

Aber der Kampf, den es in ein harmonisches Familienessen zu überführen galt, ging weiter.

„So viel kann ich nicht essen“, flüsterte Mutter und schaufelte im Handumdrehen ihren Reis in mein Reisschälchen. Halb unter dem Reis begraben lag der Aal.

„Also bitte, Mutter, so von oben drauf …“, hob ich genervt an, gab aber zwischendurch auf. Es war nicht so, dass mir der Reis zu viel gewesen wäre, aber es sah doch wohl unappetitlich aus, wie er die Beilage bedeckte, aber selbst das schien Mutter nicht zu kümmern.

„Wenn es im Magen landet, ist es doch auch zusammen“, sagte Mutter entschuldigend, weil sie vielleicht meinen Unmut bemerkt hatte. Nein, es kam eher einer Kritik als einer Entschuldigung nahe, da ich mich an einer solchen Kleinigkeit störte. Notgedrungen schob ich Mutters Reis zur Seite und führte den Aal, der unter dem Reis auftauchte, zu meinem Mund.

„Die da ist in solchen Dingen völlig unsensibel, seit früher“, entrüstete sich Vater, als ob es ihn selbst betroffen hätte, und zeigte mit seinen Essstäbchen auf Mutter.

Weitere Worte schluckte er runter, aber dafür ließ Mutter ein sarkastisches Lachen vernehmen. Yukari nahm beide in Augenschein und schien irgendetwas einwerfen zu wollen. Vielleicht, weil er das verstanden hatte, wandte sich Vater Yukari zu und begann auf sie einzusprechen:

„Wenn ich sie in ein Konzert mitgenommen habe, ist sie eingeschlafen und hat geschnarcht. Jedes Mal …“

Yukari, die nicht wusste, wie sie darauf reagieren sollte, sagte nichts und nickte nur. „Wann soll das denn gewesen sein“, murmelte Mutter mit vollen Backen, den Mund voll mit Aal. Ich holte mein Handy aus der Tasche und begann nach Anschlusszügen am nächsten Tag zu suchen. Ich wollte bis Mittag zu Hause zurück sein. Nicht, dass ich irgendetwas Besonderes vorhatte, aber wenn wir am nächsten Tag noch rumtrödelten, würden wir auch den nächsten Mittag noch unbehaglich um den Tisch herum festsitzen. Das wollte ich unter allen Umständen vermeiden.

„In dem Zimmer nebenan stehen viele Schallplatten, nicht wahr“, bot Yukari Vater als Thema an. Bestimmt waren sie ihr aufgefallen, als sie mit den anderen die Fotos betrachtet hatte, und da ihr Interesse geweckt war, hatte sie die Schallplatten in die Hand genommen. Tatsächlich war das Regal an der Seite des Stereo-Plattenspielers vollgestopft mit alten LPs. Vater freute sich plötzlich und lächelte.

„Nun, als ich jung war, habe ich viele Schallplatten gesammelt …“, sagte Vater, und die kurze Pause, nach der Vater seine Erinnerungen daran ausbreiten wollte, ließ sich Mutter nicht entgehen und fuhr dazwischen.

„Das ist nur Dekoration. Er hört sie fast nie. Sie nehmen nur Platz weg …", sagte sie, ohne den Aal aus den Augen zu lassen. Vaters Lächeln gefror.

„Ärzte haben das Image, gern klassische Musik zu hören …", sagte Yukari, sah mich Zustimmung heischend an und fügte ein „nicht wahr" hinzu. Ich antwortete mit einem „Ah", was man sowohl als Zustimmung als auch als Nicht-Zustimmung werten konnte, und ich schaute, weil ich es lästig fand, wieder auf die Bildfläche meines Handys. Ich wollte auch Yukari schnell verständlich machen, dass es sich hierbei um verlorene Liebesmüh handelte.

„Es heißt zwar ‚Herr Doktor', aber er ist doch nur ein praktischer Arzt gewesen …", sagte Mutter wegwerfend, um mit Absicht Vaters Stolz zu verletzen. Ihm zufolge war ein praktischer Arzt seinen Patienten nahe, und es sei der Hauptweg der Medizin, auf dem man sich von Mensch zu Mensch begegnen könne. Aber wenn man Mutter fragte, verwarf sie das kurz und knapp: „Er hat im Karriere-Konkurrenzkampf verloren."

Um an der Universitätsklinik, an der er ausgebildet worden war, Professor oder Abteilungschef zu werden, reichten natürlich nicht nur technische Fertigkeiten aus, sondern waren auch solche im Umgang mit Vorgesetzten und Untergebenen, sprich politische Fähigkeiten, gefordert. Das war Vaters Schwachpunkt. Er hatte auch erst gar nicht versucht, seine Schwächen zu überwinden. Als Mutter das gesagt hatte, schreckte Vater einen Moment zusammen und schwieg.

„Aber, es ist doch beruhigend, wenn ein Arzt im Haus ist", versuchte Yukari Vater zu unterstützen.

„Das war überhaupt nicht so, er war immer nur beschäftigt. Als sein Sohn in Lebensgefahr geriet, war er nicht an seiner Seite", sagte Mutter, ohne Vater oder Yukari anzuschauen, und mit einem „Das gebe ich dir" legte sie eine eingelegte Gurke in Atsushis Schälchen und lächelte ihn sanft an.

„Was hätte ich denn machen sollen. Zu der Zeit hatte ich einen Notfall wegen Lebensmittelvergiftung nach dem anderen …", reagierte Vater.

Diese Auseinandersetzung hatten sie in den fünfzehn Jahren unzählige Male geführt und es war eine Frage, für die keine Lösung abzusehen war.

„Du hast doch keine Ahnung, wie wichtig die Arbeit für einen Mann ist …", erwiderte Vater als scharfe Schlussbemerkung. In vierzig Jahren brach regelmäßig in jedem Streit, den sie führten, das Gespräch bei diesen Worten ab.

Aber von heute aus gesehen tut es mir ein wenig leid, dies als „scharfe Schlussbemerkung“ zu bezeichnen.

Er litt wohl, als Vater wie als Arzt, an Schuldgefühlen und Reue, weil er, so wie er war, wirklich beim Tod seines Sohnes nicht dabei gewesen war. Und er musste im Innern damit leben, dass er das bis zu seinem Tod nicht wiedergutmachen konnte. Verglichen mit den Gefühlen, die ich Jahre später Mutter gegenüber empfand, war dies möglicherweise für Vater bei Weitem tiefgehender und auch grausamer. Aber weder Mutter noch ich haben dies damals bemerkt. Ich hatte genug mit meinen eigenen Gefühlen zu tun. Ich hatte bewusst meine Augen davon abgewendet.

„Ja, das ist wohl so, ich habe ja nie gearbeitet, kein einziges Mal …“, nahm Mutter wie immer Vaters Worte vorweg. Und fügte zum Schluss hinzu:

„Jetzt arbeitet der da auch nicht“, und machte ihn so lächerlich. Das waren grausame Worte. Seitdem Vater seine Arbeit aufgeben musste, schien sich das Kräfteverhältnis im Haus vollständig umgekehrt zu haben. Vater war noch nicht dermaßen gealtert, als dass er dies hätte akzeptieren können, und er war dafür auch nicht großherzig genug. Und Mutter mangelte es an einer tiefergehenden Mitmenschlichkeit. Wo und wie hatte dieses Ehepaar sich verirrt? Auch wenn es eine vermittelte Heirat gewesen war, hatten doch beide ihr Einverständnis gegeben, und deshalb konnte es nicht so gewesen sein, dass beide nicht zusammengepasst hatten. Diese Gedanken gingen mir durch den Kopf, während ich auf mein Handy blickte.

Da streckte Yukari[4] an meiner Seite plötzlich ihre Hand aus und entzog mir das Handy. Ohne ihr Lächeln zu unterbrechen legte sie es auf die von mir aus gesehen andere Seite auf die Tatami-Reisstrohmatte. Mir war das peinlich wie bei einem kleinen Kind, das ausgescholten wird, verdrehte ein wenig die Augen und sah Atsushi an, der mir gegenüber saß. Während er dem Wortwechsel der Erwachsenen lauschte, verzog er keine Miene und pickte mit seinen Essstäbchen an dem Aal herum.

„Was für Musik hören Sie denn sonst noch so“, fragte Yukari und wandte sich wieder Vater zu und versuchte mit Gewalt, das Thema wieder auf die Musik zurück zu bringen. Vater brachte irgendwie seine Gefühle unter Kontrolle und antwortete nachdenklich:

„Nun ja … Jazz …“

„Ach so“, reagierte sie demonstrativ beipflichtend.

Dies schien Vaters Laune zu heben und er fügte hinzu:

„Die von früher, also Miles Davis und so … Naja, bis zu den Beatles kann ich es mir noch anhören. Aber das Zeug in letzter Zeit, Rap oder Zap oder wie das heißt, das ist doch gar keine Musik mehr“, worauf Yukari ihm mit einem „ja, nicht wahr“ beipflichtete.

„Der da scheint aber auch zum Karaoke zu gehen und *enka*[19] zu singen“, verpasste Mutter Vater eine kalte Dusche.

„Karaoke?“, fragte ich überrascht, hob den Kopf und schaute Mutter an. Vaters Gesichtsausdruck verhärtete sich wieder und er führte schweigend sein Glas Bier zum Mund.

„Das stand auf der Neujahrskarte von Shimazu. Er will wieder Vater ‚Plejaden‘ singen hören“, erklärte Mutter, schob sich wieder ein Stück Aal in den weit geöffneten Mund und füllte ihre Backen damit. Shimazu war ein Kommilitone an derselben Universität gewesen und war nun praktischer Arzt in der Präfektur Chiba. Bestimmt waren sie nach dem Ende einer Alumnifeier zu zweit noch in eine Karaoke-Bar gegangen und Vater hatte, ermuntert von Shimazu, betrunken etwas zum Besten gegeben.

„Lies sie nicht einfach durch, die Postkarten von anderen“, erwiderte Vater schmollend wie ein kleines Kind, das man bei einem Unfug erwischt hatte.

„Auf eine Neujahrskarte schaut man doch drauf. Wenn du das nicht willst, tu sie bitte in einen Umschlag“, sagte Mutter triumphierend und fügte Zustimmung heischend ein „nicht wahr“ hinzu. Selbst Yukari war ratlos, wie sie darauf reagieren sollte. Vater, so zum Schweigen gebracht, tat mir ein wenig leid, aber nachdem er so lange auf dem hohen Ross gesessen hatte, war es auch nicht schlecht anzusehen, wie er in die Verteidigung gedrängt wurde.

„Du singst *„enka*?!“, fragte ich, und meine Worte waren mehr oder weniger von einer Gehässigkeit geprägt, mit der ich meinem lange Zeit aufgestauten Ärger Luft machte.

„‚Plejaden‘ ist kein *enka*!“, sagte Vater mit Nachdruck und wiederholte den Satz mehrfach. Überwältigt von Vaters Ungestüm nickte Yukari kräftig. So eine Kleinigkeit ist doch völlig egal, dachte ich.

---

[19] *Enka*: siehe Glossar.

Vielleicht, weil Mutter denselben Gedanken hatte, reagierte sie nicht auf Vaters Beharren und ignorierte es vollständig. Atsushi hob manchmal den Kopf, schaute Vater, Mutter und Yukari hintereinander prüfend an und blickte dann wieder auf sein Essschälchen.

„Ist das ein Lied, mit dem Sie eine gemeinsame Erinnerung verbinden?“, bemühte sich Yukari verzweifelt, die Wogen zu glätten.

„Das ist doch wohl ein Witz“, wies Vater den Vorschlag zurück und fuchtelte mit seiner Hand vor seinem Gesicht herum.

„Es gibt da eine Schallplatte“, sagte Mutter, die den Wortwechsel verfolgt hatte, zu Yukari.

Ein kaum merkliches Lächeln zeigte sich in ihren Mundwinkeln.

„Was für eine?“, fragte Yukari, beugte sich mit großem Interessen vor, während sie wohl dachte, dass Vater diese vielleicht aus Verlegenheit vor ihnen versteckt habe.

„Ein Lied, als Erinnerung. Wollt ihr es hören?“, fragte Mutter und stand auf, ohne eine Antwort auch nur abzuwarten, und verließ ohne Hast das Wohnzimmer. Wir hörten an ihren Schritten, dass sie die Treppe hinauf in den ersten Stock ging. Yukari spürte Erleichterung, weil schließlich das von ihr aufgebrachte Thema eine neue Entwicklung hervorgebracht hatte.

Nachdem Mutter verschwunden war, wurde es plötzlich still. Vater nahm den Deckel von dem Satz ineinander passender Lackschachteln vor ihm und begann, den Aal zu essen. Nur die Essgeräusche von vier Personen hallten in dem Raum mit seinen sechs Tatami-Strohreismatten wider. Vater war der erste, der das Schweigen nicht mehr aushielt.

„Die da wurde letztes Jahr übers Ohr gehauen und hat im Versandhandel die ‚Sammlung von Liedern der Shōwa-Zeit‘ und so was gekauft.“ Vater konnte sich keinerlei Vorstellung davon machen, was Mutter vorhatte, und war innerlich nervös, und um seine Nervosität Yukari und Atsushi nicht merken zu lassen, war er bereit, selbst als erster etwas zu sagen.

„Ein 30er-Set. Wie viel das wohl gekostet hat? …“ fügte er hinzu.

„Die stehen in meinem Zimmer rum.“

Als das Opfer wollte ich an dieser Stelle unbedingt etwas einwerfen.

„Wir haben sie noch kein einziges Mal gehört“, sagte Vater, schaute mich an, ein „ist doch so“ im Gesicht, blickte an die Decke und legte dabei sein Gesicht in Falten. Nachdem er so über Mutter gelästert hatte, nickten wir uns zum ersten Mal an diesem Tag zustimmend zu.

„Ich bin nicht übers Ohr gehauen worden. Das ist unverschämt, jemanden als senil zu bezeichnen …“ Mutter war plötzlich wieder im Wohnzimmer aufgetaucht, erwähnte aber das Geschehen vorher mit keinem Wort. Sie muss, so schien es, auf Zehenspitzen die Treppe heruntergeschlichen sein und im Schatten der Schiebetür unserem Gespräch gelauscht haben. So etwas ist charakterlich wirklich übel. Vater schluckte die Worte, die er im Mund gehabt hatte, herunter. Mutter schwenkte eine Schallplatte, die sie hinter dem Rücken versteckt mitgebracht hatte, vor meinem Gesicht auf und ab.

„Was ist das? Von wem ist das Lied?“, fragte ich.

Mit großer Geste versteckte sie die Schallplatte wieder hinter ihrem Rücken.

„Du, mit der Stereoanlage da unten …“, sagte Mutter und wies mit dem Finger auf das westlich eingerichtete Zimmer unter der Treppe.

„Jetzt?“ Ich hatte den Aal noch nicht zu Ende gegessen. Aber Mutter stand vor mir und machte keine Anstalten, sich zu setzen.

Es war mir zwar lästig, aber ich fügte mich in das Unvermeidliche, stand auf und nahm die Platte von Mutter in Empfang. Es war eine alte Single. Die Plastikhülle fühlte sich vor Staub rau an.

„Hat die Nadel nicht Rost angesetzt?“, fragte ich.

„Kein Problem, wir können sie spielen“, antwortete Mutter, meine Frage abwehrend.

Ich ging durch den Flur, machte das Licht im Zimmer an und schaltete den Plattenspieler, der an der Vorderseite stand, an.

„Was ist denn das für ein Lied?“, fragte Yukari wieder Vater.

„Damit habe ich nichts zu tun“, meinte er, und seine übliche schlechte Laune war wieder zurück.

„Es hat sehr wohl etwas mit uns zu tun. Auch mit dir“, sprach Mutter bedeutungsschwanger in die Runde.

Ich setzte mit Bedacht die Nadel auf die Platte. Da wir zu Hause ausschließlich nur noch CDs besaßen, war ich irgendwie angespannt. Ich sah im Stehen der sich drehenden schwarzen Scheibe eine Weile zu. Endlich setzte die Melodie ein, die mir irgendwie bekannt vorkam.

Während ich meinen Blick auf den Liedtextzettel senkte, kehrte ich ins Wohnzimmer zurück.

Ich stellte die Frage: „Mutter, was ist das für ein Lied?“, aber sie hob die Hand, um mich zu bremsen, hob den Zeigefinger und signalisierte damit, dass wir zuhören sollten. Ergeben setze ich mich still hin. Mutter wartete mit geschlossenen Augen auf den Anfang des Liedtextes.

„Die Lichter der Stadt sind sehr schön, nicht wahr? Yokohama Blue Light Yokohama, mit dir zusammen, das Glück!“[20]

„Von wann ist das Lied noch mal?“, fragte Yukari, die sich wohl an das Lied erinnerte, und wippte mit dem Kopf zum Rhythmus der Melodie.

„Vielleicht so in den 70er-Jahren ... kurz vor der Weltausstellung“, antwortete Mutter und begann, aus der Papierverpackung der Einwegstäbchen einen Ballon zu falten.

„So wie immer – Worte der Liebe – Yokohama Blue Light Yokohama – Für mich, von dir.“

„Mutter, das Lied hast du früher manchmal gesungen, oder?“, und als Vater meine Frage hörte, stoppte die Bewegung seiner Essstäbchen.

Ohne auch nur im Geringsten ihren Gesichtsausdruck zu verändern, konzentrierte sich Mutter weiter darauf, das Papier zu falten. Ab der Stelle, an der die Stimme der Sängerin tiefer wird, sang Mutter leise mit.

„So weit wir auch gehen, so weit wir auch gehen, wie ein kleines Boot
schwanke ich,
schwanke in deinen Armen.“

Vater schlang den mittlerweile kalt gewordenen Aal herunter. Atsushi musste grinsen, als er das sah. Yukari versuchte wenigstens zu begreifen, wieso sie die Situation mit dem Thema, das sie

---

[20] Yokohama Blue Light: siehe Glossar, Ishida Ayumi.

selbst aufgebracht hatte, nicht in ruhigere Gewässer hatte lenken können.

Nur meine Mutter allein ließ anscheinend vergnügt ihren Körper zu dem aus dem Nebenzimmer klingenden Rhythmus hin und her schwingen.

„Nur das Geräusch von Schritten kommt uns nach,
Yokohama Blue Light,
Yokohama, ein sanfter Kuss, noch einmal."

„Blue Light Yokohama", gesungen von Ishida Ayumi[21], war gerade populär, als ich ein Grundschüler war. Auch wenn ich als Kind den Liedtext noch nicht gut verstehen konnte, klang für mich als jemand, der ich in einer Gegend wohnte, die zwar auch zu Tokyo gehörte, die aber von Feldern und Fabriken umgeben war, der Name „Yokohama" nach kultivierter, moderner Großstadt. Ich wusste nicht, ob meine Mutter das Lied mochte. Ferner verstand ich nicht, welche Erinnerungen an meinen Vater für sie um dieses Lied kreisten. Dennoch erinnerte ich mich mit Sicherheit daran, dass Mutter dieses Lied wer weiß wie oft gesungen hatte.

„Sollen wir Vater am Bahnhof abholen gehen?"

Als Mutter plötzlich diesen Vorschlag machte, hatten wir schon zu Abend gegessen. In dieser Zeit war Vater mit seiner Arbeit im Krankenhaus sehr beschäftigt und machte jeden Tag Überstunden. Es kam nur äußerst selten vor, dass er vor Mitternacht nach Hause kam. Ich wunderte mich, weil es noch nie passiert war, dass wir Vater vom Bahnhof abgeholt hatten. Aber mich als Grundschüler stimmte allein schon die Tatsache glücklich, dass wir in der Nacht nach draußen ins Viertel gingen, und ich lief mit noch vom Bad nassen Haaren meiner Mutter zum Bahnhof hinterher. Wir gingen durch die Einkaufspassage, in der schon vor den meisten Geschäften die Rollläden heruntergelassen worden waren. Nach etwa einer Viertelstunde erreichten wir den Bahnhof Kami-Itabashi der Tōbu-Tōjō-Linie. An der Sperre des Bahnhofs sahen wir wer weiß wie vielen wieder abfahrenden Zügen nach. Da Vater nicht angerufen und Bescheid gesagt hatte, wann er nach Hause käme, glaube ich aus heu-

---

21 Ishida Ayumi: siehe Glossar.

tiger Sicht, dass Mutter das Abholen nur als Ausrede benutzt hatte, um einfach mal aus dem Haus zu kommen. Da ich damals absolut nicht auf diese Idee gekommen bin, wollte ich unbedingt die Gestalt meines Vaters, wenn er aus dem Zug stieg, noch vor Mutter als erster entdecken. Etwa eine Stunde lang standen wir dort herum.

„Gehen wir nach Hause?“, fragte meine Mutter plötzlich und ging schon los.

Gezwungenermaßen folgte ich Mutter und lief ihr hinterher. Auf dem Rückweg sagte sie in der Einkaufspassage: „Sag aber nichts zu Junpei“ und kaufte mir ein Eis am Stiel. Es war mein gewohnter Schulweg, durch die Einkaufspassage und dann an der Ecke, an der sich das Optikergeschäft der Eltern eines Klassenkameraden befand, nach rechts.

Ein schmaler Fluss floss quer unter diesem Weg durch.

An Regentagen stieg sofort der Wasserpegel an, bis der Fluss über die Ufer trat, und überschwemmte den Bürgersteig. Wenn ich daran zurückdenke, dann muss es wohl gefährlich gewesen sein, aber als Kinder spielten wir noch mit dem Tornister auf dem Rücken auf der überfluteten Brücke, indem wir mit unseren Gummistiefeln ins Wasser traten, so dass es platschte. Als wir diese Brücke erreichten, begann Mutter auf einmal dieses Lied zu singen – Blue Light Yokohama. Sie sang es nicht besonders gut, aber der Wiederhall des Geklappers ihrer Holzsandalen, wenn sie auf den Beton trafen, wurde zu einer Art Begleitmusik, und ihr Lied hörte sich aus irgendwelchen Gründen für mich traurig an. Es war wohl deswegen, dass ich Mutter damals kein einziges Mal ansprach. Während ich den Rücken meiner singenden Mutter unverwandt anschaute, lief ich ihr mit einem ein ganz klein wenig größeren Abstand als sonst hinterher. Mich beschäftigt heute die Frage, was für ein Gesicht Mutter wohl gemacht hat, als sie dieses Lied sang. Aber mir sind nur der Gesang, das Geklapper der Holzsandalen und die weißen Waden meiner Mutter im Gedächtnis geblieben.[22]

---

[22] Im Film wird die Situation in einem Gespräch zwischen Mutter und Vater im Bad erklärt. Demnach hatte damals die Mutter entdeckt, dass der Vater sie mit einer anderen betrog und er sich zusammen mit seiner Geliebten das Lied „Blue Light Yokohama“ angehört hatte. Der Ich-Erzähler im Roman weiß nichts davon und kann dies somit auch nicht verraten.

Das Thema Musik wurde nicht weiter ausgewalzt und das abendliche Festmahl beendet.

„Wenn man Alkohol trinkt und sofort hineingeht, ist das Gift für den Körper.“

Vater ignorierte diese Ermahnung meiner Mutter und ging sofort ins Bad. Er wollte vielleicht, so schnell wie es nur irgend ging, diesem Raum entkommen und alleine sein. Atsushi begann, auf der Veranda ein Videospiel zu spielen. Das gehörte zu seinem Tagespensum nach dem Abendessen.

Am Ende hat er die Aallebersuppe kein einziges Mal angerührt. Ich legte mich in dem Zimmer meiner Schwester hin, um mich einen Moment auszuruhen. Yukari kam, als der Abwasch in der Küche erledigt war, ins Zimmer zurück und ließ sich neben mir nieder.

„Deine Mutter hat doch gerade gesagt, dass man die Platte spielen kann.“

Yukari sprach offen aus, was mich auch die ganze Zeit beschäftigt hatte.

„Na, die Platte spielt sie bestimmt, wenn sie allein ist. Wenn man das so sieht, ist es erschütternd“, sagte ich, und dachte an Mutters Gesichtsausdruck zuvor, als ob sie sich freute, Vater zum Schweigen gebracht zu haben.

„Nein, das ist nicht so“, erwiderte Yukari überraschend. „So etwas ist wohl ganz normal.“

„Ach so?“, ich richtete meinen Oberkörper auf und schaute Yukari ins Gesicht.

„Jeder hat doch eine Melodie, die er heimlich für sich alleine hört“, sagte Yukari und schaute auf die Wand gegenüber.

„Puh“, versuchte ich zu äußern, weil ich das nicht akzeptieren konnte.

„Ist das wirklich so?“

„Ja, das ist so“, sagte Yukari voller Überzeugung.

„Also, dann hast du auch so etwas.“

Yukari gab auf meine Frage keine Antwort, sondern lächelte nur still vor sich hin.

„Was denn? Sag’ schon“, sagte ich und lehnte mich erneut vor.

„Das ist ein Ge-heim-nis“, erwiderte Yukari und sah wieder die Wand an. Da ich da nichts machen konnte, legte ich mich wieder auf die Tatami-Reisstrohmatten.

„Frauen können einem Angst einjagen …“

„Ja, sie können einem Angst einjagen. Alle Menschen …“, sagte Yukari und richtete dabei zum ersten Mal ihren Blick auf mein Gesicht. Bestimmt hatte sie ein Lied, das sie hörte oder sang, und dachte an etwas mir Unbekanntes an einem mir nicht bekannten Ort zurück. Das an sich machte mich aber nicht besonders eifersüchtig. Da wir beide mehr als dreißig Jahre lang ein unterschiedliches Leben geführt hatten, war es meine Absicht, auf der Grundlage mit ihr zusammenzuleben, dass ich solche Dinge akzeptierte.

Aber wenn sie mir tatsächlich ohne zu stocken so etwas sagte, dann war es eine Tatsache, dass sie mir menschlich als ein oder zwei Stufen überlegen angesehen werden konnte. Ich würde vielleicht nie in meinem Leben diese Lebensform, die Frauen genannt wird, verstehen können.

Nachdem sämtliches Geschirr gespült worden war, machte Mutter am Tisch in der Küche eine Klöppelarbeit. Auf dem Tisch standen die Blüten der Lagerströmie, die Atsushi aufgelesen hatte, als Blumenarrangement in einer Wasserkanne, und darunter befand sich ein Vasenuntersatz aus weißen Spitzen. Das war sicher wohl auch eine Handarbeit von Mutter.

Ich ging an Mutter vorbei, machte den Lüftungsventilator über dem Gasherd an und zündete mir eine Zigarette an.

„Gibt es jetzt nicht ein Baseball-Abendspiel? Wir haben doch eine Antenne auf dem Dach anbringen lassen und können das im BS-Satellitenfernsehen sehen“, sagte Mutter und machte, ohne sich umzudrehen, mit den Händen einen großen Kreis. Nicht nur Vater, sondern auch Mutter glaubte immer noch, dass ich Baseball-Fan wäre.

„Muss nicht extra sein“, erwiderte ich absichtlich schroff.

„Im Fernsehen gibt es in der letzten Zeit nichts mehr zu sehen. Langweilig und trotzdem lachen alle wie blöd. Das tun sie doch sicher dazu – nachträglich?“, meinte Mutter.

„Scheint so“, stimmte ich gleichgültig zu, holte aus der Brusttasche meines Hemdes einen 10 000-Yen-Schein, hielt ihn Mutter seitlich hin und sagte „Bitte“.

„Was soll das?“

Ohne ihre Klöppelarbeit zu unterbrechen, drehte sich Mutter ein ganz klein wenig um.

„Kauf dir davon, was du willst.“

Überrascht schaute sie mich an, wobei ihre Finger zum ersten Mal zum Stillstand kamen.

„Es ist schön, vom eigenen Sohn ein Taschengeld zu bekommen“, sagte Mutter und schaute zu mir auf, wobei sie sich wirklich zu freuen schien.

„Nein, also, ich bekomme hier doch immer was zu essen“, sagte ich, und weil sich Mutter dermaßen darüber zu freuen schien, begann ich mich im Gegenteil schuldbewusst zu fühlen und griff nach etwas Ähnlichem wie einer Ausrede.

Es war nur dieses eine Mal und kam weder vorher noch nachher noch einmal vor, dass ich Mutter Taschengeld zusteckte.

Peinlicherweise hatte ich nicht genug Bargeld bei mir, und Yukari hatte den Schein aus ihrem Portemonnaie gezogen. Davon wusste Mutter aber gar nichts, und sie hat anscheinend sofort am nächsten Tag freudestrahlend meine Schwester angerufen und damit angegeben. Sie hat von den 10 000 Yen eine qualitativ nicht besonders hochwertige blassviolette Jacke gekauft. Als ich das nächste Mal zu Neujahr nach Hause fuhr, öffnete sie extra die Tür des Kleiderschranks und sagte: „Das habe ich von deinem Geld gekauft!“ Allerdings habe ich kein einziges Mal gesehen, dass sie die Jacke trug. „Das war für eine besondere Gelegenheit“, soll meine Schwester gesagt haben. Ich glaube eher, dass sie die Jacke für die Gelegenheit aufsparte, mit mir irgendwohin auszugehen. Letztendlich kam es nie dazu. Nach ihrem Tod musste ich ihre Sachen aufräumen. Bis zuletzt konnte ich mich nicht entscheiden, was ich mit der blassvioletten Jacke machen sollte. Schließlich legte ich sie zu ihr in den Sarg.

Mutter durchschnitt die Luft mit der Handkante wie ein Sumo-Ringer im Ring, der sein Preisgeld erhalten hat, und steckte den Schein sorgfältig in ihre Jackentasche.

„Wie hieß er noch, der Sumo-Ringer mit dem weinerlichen, tief eingeschnittenen Gesicht?“

Wegen ihrer Handbewegung hatte sie sich an das Gespräch von zuvor am Abend erinnert und das Thema wieder aufgewärmt.

„Denkst du immer noch darüber nach?“, fragte ich überrascht.

„Wenn man das sein lässt, soll man senil werden“, erwiderte Mutter, worauf sie ihre Klöppelarbeit wieder aufnahm.

„Wakanohana“[23], sagte ich aufs Geratewohl hin den erstbesten Namen eines Ringers, den ich kannte, nachdem ich mir aus dem Geschirrschrank auf der Seite zum Flur hin einen Aschenbecher geholt hatte.

„Falsch.“

„Kitanoumi“[24], riet ich, als ob es ein Quiz wäre, und ging mit dem Aschenbecher in der Hand zur Spüle zurück.

„Ein so großartiges Mannsbild war es nicht. Er hatte eher etwas Charmantes …“, sagte Mutter und verzog ihr Gesicht dabei. Gerade in dem Moment war ich zur Spüle zurück, und da ich ihr Gesicht flüchtig sehen konnte und es so komisch aussah, musste ich unwillkürlich lachen. Atsushi saß immer noch auf der Veranda und spielte sein Videospiel. Die elektronischen Geräusche waren schwach bis in die Küche zu hören.

„Hör mal“, sprach ich mit leiser Stimme in ihren Rücken hinein.

„Können wir das nicht allmählich mit Yoshio lassen?“, fragte ich.

Mutter bewegte unverändert ihre Finger.

„Lass uns aufhören, ihn einzuladen.“

„Warum?“, fragte Mutter mit milder Stimme.

„Er kann einem doch leidtun. Es ist doch für ihn hart, uns zu sehen …“ Ehrlich gesagt wollte ich sein unterwürfiges Lächeln einfach nicht mehr sehen. Es war schon so ziemlich aussichtslos, so zu tun, als ob wir eine fröhliche Familie wären. Daher wäre es nicht notwendig gewesen, mit diesem Ritual fortzufahren.

„Gerade deswegen lade ich ihn doch ein …“, sagte Mutter mit träger Stimme. Es dauerte eine Weile, bis ich den Sinn ihrer Worte erfasst hatte.

„Ich kann nicht erlauben, dass er es vergisst, weil nun mal zehn Jahre vergangen sind oder so. Es ist seine Schuld, dass Junpei tot ist …“

Ich wollte etwas wie „es ist doch nicht seine Schuld“ erwidern, aber Mutter ließ mich nicht zu Wort kommen.

„Das ist dasselbe. Für Eltern ist das dasselbe. Weil, wenn ich niemand habe, den ich dafür hassen kann, ist es für mich doppelt hart. Es ist doch keine wirkliche Strafe, wenn er einmal im Jahr an diese

---

[23] Wakanohana: siehe Glossar.

[24] Kitanoumi: siehe Glossar.

furchtbare Sache erinnert wird“, sagte Mutter, und fuhr fort, in demselben Rhythmus die Stricknadel zu bewegen.

Ihre dicken Finger im Licht der Neonlampe wirkten auf mich irgendwie unheimlich, als wären sie ein von Mutter unabhängiges Lebewesen.

„Deswegen lasse ich ihn auch nächstes Jahr und übernächstes Jahr kommen“, und ihr Lächeln, das sie gerade eben, auf den Bodenbrettern des Eingangs kniend, gezeigt hatte, bekam für mich eine nun vollständig gegensätzliche Bedeutung.

„Das denkst du, wenn du ihn jedes Jahr einlädst?“, sagte ich mit einer vielleicht leicht bebenden Stimme. Und als ich mit den Worten fortfuhr: „Das ist doch furchtbar“, war es weniger ein Vorwurf an Mutter als vielmehr etwas Ähnliches wie ein Seufzer.

„Das ist nicht furchtbar, so etwas ist völlig normal“, antwortete Mutter mit der Andeutung einer Kritik an mir, weil ich nicht versuchte, ihre Gefühle zu verstehen. Ihre Trauer war mit der Zeit in Gärung übergegangen und verfault, und sie selber hatte wohl gar nicht gemerkt, dass sie eine Form angenommen hatte, die es selbst für ihre engsten Verwandten schwer machte, Teilnahme zu empfinden.

„Wieso sagen immer alle, ist doch normal, normal …“, meinte ich.

„Wenn du erst selbst Vater bist, wirst du das verstehen.“

„Ich bin ja schon Vater!“, sagte ich leicht eingeschnappt.

„Ein richtiger“, erwiderte die Mutter, den Rücken zu mir gewandt, und ich konnte ihren festen Willen spüren, niemanden an sich heranzulassen. Sie behandelte mich wieder wie ein unreifes kleines Kind.

„Was soll das?“, fragte ich und blies den Rauch meiner Zigarette in Richtung Ventilator.

In dem Moment hörte ich, wie sich die Tür ins Badezimmer öffnete.

„Sieh mal, Vater ist rausgekommen. Nun kannst du ins Bad gehen.“

Mit diesen Worten drehte Mutter sich zu mir hin und war in diesem Moment wieder wie immer. „Ja“, reagierte ich gezwungenermaßen. Wie konnte sie nur, direkt nachdem sie aus irgendeinem Grund so etwas Furchtbares gesagt hat, gleich das Thema wechseln und über das Bad reden? Ich hatte das Gefühl, dass dies noch mehr als die Tatsache, dass Mutters Gefühle so verdreht waren, auf die Tiefe der Dunkelheit in ihr hinwies.

„Ah ja, und unser kleiner Prinz kann ja auch gleich mit baden!“

„Prinz?“

Ich hatte sofort verstanden, dass sie Atsushi meinte.

„Ja, genau, macht das so! Dafür haben wir doch extra ein großes Bad.“

Mutter erhob sich und rief mit lauter Stimme in Richtung des Flurs nach Yukari. Nach einem Moment hörte man Yukaris Stimme zurückrufen: „Jaha.“

„Aber wir baden immer getrennt von einander…“, sagte ich etwas unsicher und kratze mich am Kopf. Wenn man mit dem Kind von klein auf badet, geht das schon eher, aber wir waren beide nun, wo er schon über zehn Jahre alt war, unsicher, ob wir zum ersten Mal zusammen ins Bad gehen sollten. Wenn das etwas wie ein öffentliches Badehaus wäre, wäre die Hürde wahrscheinlich kleiner, aber in dem Bad zu Hause konnte man einander nicht ausweichen.

„An so einem Tag wie heute könnte er auch mal das Kind als erstes ins Bad lassen. Er tut doch den ganzen Tag nichts. Warum muss er da jeden Tag baden? Als wäre es um das Wasser nicht schade …“, murmelte Mutter, so an Vater herumnörgelnd, während sie von ihrem Stuhl aufstand, einen Becher aus dem Geschirrregal nahm und Medikamente, die wohl Vater nehmen sollte, aus der Schublade holte.

In diesem Moment kam Yukari in die Küche und fragte: „Was ist denn, Mutter?“

„Lass Atsushi mit Ryōta zusammen ins Bad gehen.“

Während ich gezögert hatte, entwickelten sich die Ereignisse ganz in Mutters Tempo.

„Ja“, flüsterte Yukari und sah mich mit weit geöffneten Augen an, um sich über meine Gefühle im Klaren zu werden.

„Wir baden ja sonst immer getrennt …“, sagte ich und sah ihr hilfesuchend in die Augen.

„Ich leg dir nachher den Schlafanzug raus“, sagte Mutter, schlug mir einmal mit dem Handrücken auf die Hüfte und lief in Richtung des japanisch eingerichteten Zimmers.

„Lass nur, ich habe für heute ein T-Shirt mitgebracht.“

„Zieh ihn an. Ich habe ihn extra gekauft.“ Mutter machte die Kommode in dem Zimmer auf und schien schon mit den Vorbereitungen zu beginnen.

„Wo denn?“, fragte ich, aber Mutter antwortete nicht, sondern lachte nur kurz. Ich fing an, mir ein wenig Sorgen zu machen und ging Mutter in das Zimmer nach.

„Das ist doch sowieso von dem ‚Basar‘ vor dem Bahnhof. Zeig mal her.“

Als ich alleine lebte und von Zeit zu Zeit nach Hause fuhr, kam es vor, dass sie für mich einen pastellfarbenen Trainingsanzug oder eine Strickweste mit Karomuster, wie es alte Herren mochten, hingelegt hatte. Das waren zwar, typisch für meine Mutter, funktionale Sachen, aber sie waren, vielleicht sogar absichtlich, geschmacklos. Sie erledigte solche Einkäufe größtenteils in der „Basar vor dem Bahnhof“ genannten Abteilung für Kleidung im ersten Stock des Supermarkts.

Sie hätte wenigstens dafür bis nach Yokohama fahren können.

„Ich zeig’ ihn dir, ich zeig’ ihn dir“, amüsierte sich Mutter darüber, dass ich mir Sorgen machte.

„Welcher denn?“ Ich schaute in die Schublade der Kommode.

„Diese Farbe magst du doch“, und als sie ihn herausgeholt hatte und mir zeigte, war es ein Schlafanzug aus Frottee in einem kräftigen Himmelblau.

Ich richtete unwillkürlich den Kopf in die Höhe und gab ein „Ui“ von mir.

„Er nimmt aber auch den Schweiß auf“, sagte meine Mutter, als sie meine Stimme gehört hatte, und streichelte die Brust der Schlafanzugjacke mit ihrer Handfläche. Als ich mir gerade überlegte, welchen Ausweg es gäbe, diesen Schlafanzug nicht tragen zu müssen, ohne meine Mutter zu verletzten, sah ich Yukari, die in der Küche zurückgeblieben war. Sie hatte unser Gespräch mit einem zärtlichen Lächeln verfolgt und richtete nun ihren Blick auf die Veranda.

„Atsushi, möchtest du ins Bad?“, sprach sie ihn lachend an.

„Die Badewanne ist eng. Ob wir beide da wohl reinpassen?“, murmelte ich, während ich auf Yukaris Rücken herunterschaute. Sie saß auf den Tatami-Reisstrohmatten und packte einen Pyjama zum Umziehen aus der Tasche, die sie mitgebracht hatte. Ich stand im Rahmen der Tür zu dem Zimmer meiner Schwester und hatte mich noch nicht zu dem Entschluss durchgerungen, mit Atsushi zusammen zu baden. „Hier, bitte“, sagte Yukari, ohne sich umzudrehen, und ließ die Sachen zum Umziehen auf die Tatami-Reisstrohmatten gleiten. Ich hockte mich daneben, nahm sie und verließ gezwungenermaßen das Zimmer. Atsushi war sicher einen Moment zuvor in Richtung Bad gegangen. Als ich nachschaute, waren die Sachen zum Umziehen, die sie mit gegeben hatte, nur für ihn. Ich kehrte ins Wohnzimmer zurück. „Nanu? Und mein T-Shirt?“

„Aber du hast doch den Pyjama von deiner Mutter“, sagte Yukari, ohne sich umzudrehen. Sie schien die Handtücher, die Schminksachen usw., die sie aus der Tasche geholt hatte, zu sortieren.

„Nein, ich brauche ihn nicht unbedingt anzuziehen.“

Es war eigentlich andersherum: ich wollte ihn gar nicht tragen.

„Zieh ihn an. Sie hat ihn doch extra für ihren Sohn gekauft“, und ihre Worte hatten einen für sie ungewöhnlichen Stachel.

„Nanu? Bist du auf mich böse?“

Yukari hatte weiter ihren Rücken zu mir gedreht und bewegte sich nicht. Ich hatte zwar schon durch die Boulevardsendungen im Fernsehen davon gehört, dass die Schwiegertochter auf die Liebe der Mutter zu ihrem Sohn eifersüchtig sein kann, aber ich hätte es nie für möglich gehalten, dass so etwas wegen mir passieren würde. Dass die immer vernünftige, irgendwo ein wenig weltfremde Yukari so eine gewöhnliche Reaktion zeigte, überraschte mich halbwegs, freute mich aber auch ein wenig.

„Wenn ich nach Hause komme, ist es immer so. Sie steckt halt gern ihre Nase in meine Angelegenheiten.“ Ich näherte mich Yukari und wollte ihr meine Hand auf die Schulter legen.

„Das ist es nicht.“ Aus ihren Worten war nun deutlich die Wut herauszuhören.

Überwältigt von der Wucht ihrer Worte blieb ich stehen.

„Ja, was ist es dann?“

„Wenn sie schon Pyjamas kauft, hätte sie doch auch einen für Atsushi hinlegen können …“, sagte Yukari, während sie ein Hemd zusammenlegte.

„Den ganzen Tag hat sie ihn mit Atsushi-*kun* angesprochen und so …“

Tatsächlich hatte Mutter Mutsu und Satsuki ohne höfliche Anrede angesprochen, während sie nur Atsushi mit dem höflichen *kun* anredete.

Aber lag das nicht daran, dass sie ihm bisher nur einige Male begegnet war und daher sich aus Zurückhaltung ihm gegenüber so verhielt?

„Du machst dir zu viele Gedanken. Sie hat doch wohl einfach nicht so weit gedacht?“

Für Yukari schien meine Erklärung nicht überzeugend zu sein.

„Nun, aber da sind doch drei Zahnbürsten.“ Ich deutete auf den Umkleideraum vor dem Badezimmer. Ach so – so etwas also lässt die Kompassnadel im Herzen einer Mutter ausschlagen, habe ich da, offen gesagt, gelernt. Ich war auch ein wenig enttäuscht darüber, dass nicht ich, sondern Atsushi der Grund gewesen war, wütend zu werden.

„Gib mir doch das T-Shirt.“ Wenn es einmal so weit kam, war Yukari sehr eigensinnig.

„Bitte“, versuchte ich sie anzuflehen, aber ich wusste selbst am besten, dass es sinnlos war.

„Yukari“, ertönte in dem Moment wieder Mutters Stimme von ihrem japanisch eingerichteten Zimmer her. Es ging wahrscheinlich darum, dass Mutter Yukari bei dem nächsten Besuch einen von ihren Kimonos geben wollte.

Yukari drehte sich um, antworte mit „ich komme“, schloss den Reißverschluss der Tasche und stand auf.

Ohne mich anzusehen, schlüpfte sie an meiner Seite vorbei und lief mit kleinen Schritten zum japanisch eingerichteten Zimmer. Ich überlegte krampfhaft, ob ich den Reißverschluss der Tasche vor meinen Augen öffnen und das T-Shirt herausholen sollte, ließ es aber am Ende bleiben.

Als ich die Tür zum Waschraum öffnete, hatte Atsushi schon seine Sachen ausgezogen. Ich signalisierte ihm leicht mit meinen Augen etwas im Sinne von „oh“, und richtete sinnlos meine Haare, die im Spiegel zu sehen waren.

Während ich mich auszog, hüpfte Atsushi auf die Waage vor dem Eingang zum Bad.

„Wie viel wiegst du?“, fragte ich Atsushi, den ich im Spiegel über dem Waschbecken sehen konnte.

„Verrat ich nicht“, erwiderte er und öffnete die Tür zum Bad.

„Du, nimm das hier“, sagte ich und reichte ihm das Handtuch, das Yukari mir für ihn gegeben hatte. Neben dem Waschbecken lag ein zusammengeknülltes kleines Handtuch, das wahrscheinlich Vater benutzt hatte.

„Wenn man das nicht ausrollt und trocknet, fängt es an zu stinken", hatte ihm Mutter ständig mit gedämpfter Stimme erklärt, aber er hielt sich immer noch nicht daran. Nachdem ich meine Strümpfe ausgezogen hatte, stieg ich wie Atsushi auf die Waage. Weil ich von dem Essen, das uns Mutter mittags und abends aufgetischt hatte, reichlich zu mir genommen hatte, mochte ich vielleicht etwas zugenommen haben.

Bevor noch die Nadel, auf die ich schaute, zur Ruhe gekommen war, öffnete sich plötzlich die Tür und Vater trat ein. Aus Überraschung stieg ich von der Waage herunter, und auch Vater war wohl erstaunt, dass ich noch in dem Raum war. Aber er verriet das mit keinem Sterbenswort und wrang das kleine Handtuch über dem Waschbecken aus. Auch ich ignorierte Vater und zog mich, ihm den Rücken zugedreht, aus.

„Hast du Probleme mit der Arbeit?", fragte mich Vater unvermittelt. Ich drehte absichtlich den Kopf weg. Ich hatte gehofft, dass ich keinen Fehler begangen und verraten hatte, dass ich zur Zeit arbeitslos war. Da wir, wenn er mal ans Telefon kam, nur darüber sprachen, ob ich Arbeit hätte oder nicht, gab es wohl kein anderes Gesprächsthema für ihn.

„Nein, keine besonderen", antwortete ich so gelassen wie es mir möglich war.

Und als ich zurückfragte, ob es etwas gäbe, sagte er: „Nein. Ist dann ja gut", und verfiel danach erwartungsgemäß in Schweigen.

„Du musst dir keine Sorgen machen. Das ist nicht mehr wie früher."

Es war allerdings eine Tatsache, dass ich, als ich schon die dreißig überschritten hatte, ohne feste Anstellung recht unbekümmert vor mich hin lebte, und finanziell meinen Eltern ziemlich zur Last gefallen war.

Doch es war mir unangenehm, auf ewig das Image des Unzuverlässigen zu behalten. Vater verließ, ohne etwas zu sagen, mit dem kleinen Handtuch den Waschraum, kam aber dann sofort wieder bis vor die Tür zurück.

„Du …", sprach mich Vater an, als ich dabei war, mir die Hose auszuziehen. Ich hielt inne und drehte mich um.

„Ruf mal ab und zu an, damit Mutter mal deine Stimme hört."

Es kam äußerst selten vor, dass Vater so etwas von sich gab. Ich schaute ihm unwillkürlich ins Gesicht. In seinen üblicherweise gravitätisch dreinblickenden Augen hatte sich irgendwo eine Ratlosigkeit, ja eine Furcht eingenistet.

„Wenn ich anrufe, zieht sich das endlos hin – ihre Nörgelei."

Wenn ich etwas besprechen wollte, kam zuerst der Anrufbeantworter mit seinem „Sprechen Sie bitte", und wenn ich mir Sorgen machte und wieder anrief, war es einfach nicht zum Aushalten, wie sie langatmig, auch eine halbe Stunde lang, über die Nachbarn herzog oder von früher erzählte.

„So lange wirst du das wohl aushalten und zuhören können", sagte Vater anscheinend erbost. Sein Egoismus ärgerte natürlich nun mich auch.

„Wäre das nicht deine Aufgabe?"

Weil ich vielleicht einen wunden Punkt getroffen hatte, schwieg Vater.

„Ich bitte dich. Regelt das unter euch, wie auch immer. Zieht mich da nicht rein", sagte ich offen, was ich fühlte. Auch wenn ich ihr Sohn war, so war ich weder gutmütig genug noch hatte ich genug Zeit, um meine Nase in ihre Angelegenheiten zu stecken und ihre Probleme lösen zu wollen. Ich hatte schon mit meinem eigenen Leben genug zu tun. Vielleicht weil er das akzeptierte, schwieg Vater.

„Das ist zwar völlig egal, aber …", rief ich diesmal Vater hinterher, der schon im Weggehen begriffen war, worauf er wieder zurück kam.

„Wegen dem Mais. Weil, das ist nicht mein Bruder gewesen, sondern ich, weißt du."

„Wirklich?", fragte er mit zweifelnder Miene, was mich zusätzlich ärgerte.

„Ja, wirklich", sagte ich wütend.

„Ist das nicht völlig egal, diese Kinkerlitzchen", sagte er so, als spucke er aus, nachdem er eine Weile nachgedacht hatte.

Es war sicherlich nur eine Kleinigkeit, aber mir als Betroffenem, der das Thema angesprochen hatte, verschafften seine Worte natürlich keine Erleichterung.

Gegenseitig voneinander enttäuscht, standen wir uns so eine Weile gegenüber.

„Ryō, das Wasser ist zu heiß für mich", hörte ich da die Stimme von Atsushi vom Bad her. Er hatte den Kaltwasserhahn aufgedreht und das Wasser umgerührt, was anscheinend nicht geholfen hatte.

„Ja, ich komme", rief ich mit Absicht freundlich und begann mein Hemd auszuziehen. Ich wollte damit Vater mitteilen, dass er nun weggehen sollte.

„Das ist ja auch schon völlig egal …", sagte ich nun ebenfalls wegwerfend.

Vater schloss die Tür mit aller Kraft und kehrte diesmal wirklich, mit schweren Schritten stampfend, den Flur entlang zurück.

Atsushi und ich saßen Seite an Seite in der Wanne. Unsere Schultern stießen, egal wie wir es auch anstellten, in der Mitte der Wanne aneinander. Es gab nichts zu reden. Ich starrte an die Decke, öffnete das Fenster und schloss es wieder und wischte mir mit dem Handtuch das Gesicht ab, aber nichts davon ließ mich ruhiger werden.

Im Gegensatz zu mir betrachtete Atsushi unverwandt seine Handfläche und rieb sie mit seinem Zeigefinger.

„Hast du dich an einem Dorn gestochen?", fragte ich beunruhigt und schaute auf seine Hand.

„Ich habe gehört, dass man reich werden soll, wenn man so auf sein Muttermal drückt."

Tatsächlich hatte Atsushi am Gelenk des Daumens auf der rechten Hand ein kleines Muttermal. Wenn er die Finger ballte, kamen der Mittelfinger und der Ringfinger gerade so eben mit ihm in Berührung.

„Von Oma?", fragte ich.

„Hmm", sagte er und nickte.

„Sieh mal hier", sagte ich und zeigte Atsushi das Muttermal auf meiner rechten Hand.

„Ich habe das auch von Oma gehört und balle die Hand deswegen zwangsweise dauernd."

Atsushi schaute kurz auf meine Hand.

„Hat aber nicht viel genützt, leider", fügte ich hinzu.

So saßen wir nebeneinander und starrten beide eine ganze Zeit auf unsere Handflächen.

„Warum wolltest du Arzt werden?", fragte mich Atsushi plötzlich. Er dachte wohl an meinen Aufsatz, den meine Schwester am Mittag vorgelesen hatte.

„Das ist lange her …", antwortete ich ein wenig verlegen.

Atsushi sah unverwandt auf seine Handfläche.

Genau. Als ich in dem Alter von Atsushi war, hatte ich mit Vater in der Badewanne gesessen, und ich meine mich zu erinnern, dass ich ihn gefragt hatte, warum er Arzt werden wollte. Vaters Schultern, die dabei meine kleinen und schmalen Schultern berührten, waren fest und stark. Ich habe zu diesem Vater aufgeschaut. Und es machte mich traurig, dass ich nur selten Zeit mit ihm verbringen konnte. Deswegen dachte ich mir, dass, wenn ich Arzt werden würde, ich dann für immer bei meinem Vater bleiben könnte. Daran erinnerte ich mich nun ganz deutlich.

„Das ist eine Ewigkeit her…“, wiederholte ich nochmals seufzend.

Nach dem Baden sprang Atsushi, so wie er war, sofort auf die Waage. Das Wasser tropfte von seinem Pony auf den Boden.

„Hör mal, wenn du deinen Kopf nicht abtrocknest, kriegst du eine Erkältung!“

Ich legte ein Badetuch auf Atsushis Kopf und rieb ihn kräftig ab. Dabei bedeckte das Tuch seinen ganzen Oberkörper. Durch das Badetuch hindurch fühlten sich seine Schultern und sein Rücken zart an, und ich hatte das Gefühl, dass sie bei einem harten Zupacken womöglich zerbrechen würden.

Ich klopfte Atsushi leicht auf den Kopf und ließ ihn los. Der Frottee-Pyjama, den mir meine Mutter besorgt hatte, schien tatsächlich den Schweiß aufnehmen zu können, so sehr man auch schwitzte, er war aber für einen Mann von über vierzig viel zu niedlich. Mein Anblick im Spiegel erinnerte einen, egal wie man es auch betrachtete, an die dämliche Roboterkatze Doraemon[25] aus dem Manga.

Auch Atsushi unterdrückte, als er mich so sah, ein Lachen.

„Normal, oder?“, versuchte ich Atsushis Lieblingsspruch absichtlich nachzuäffen. Er neigte der Kopf stark zu Seite, als ob er „ich weiß nicht“ sagen wollte. „Hast recht!“, antwortete ich und lachte. Und ich merkte, wie wir beide zusammen lachten.

„Oh oh oh.“ In dem Moment war aus dem Wohnzimmer Mutters Stimme zu hören, die sich vor Überraschung oder Verwirrung ganz anders anhörte als sonst.

---

[25] Doraemon: siehe Glossar.

Was ist da wohl los, fragten wir uns, schauten uns gegenseitig an und spitzten wieder die Ohren. Ich ging durch den Flur und erblickte Mutter, wie sie torkelnd im Zimmer herumlief. Einen Augenblick lang begriff ich nicht, was geschehen war.

„Ich glaube, er hat sich hierhin verirrt", sagte Yukari besorgt, die in einer Zimmerecke wie festgewurzelt stand. Als ich ihren Blicken folgte, bemerkte ich einen Gelbling, der dem Schmetterling ähnlich sah, den wir heute Mittag am Friedhof gesehen hatten. Meine Mutter lief, mit nach dem Schmetterling ausgestreckten Armen, im Zimmer hin und her. Dieser flog aus einer Ecke der Decke in die andere, um Mutter zu entkommen.

„Er ist uns gefolgt, vom Grab hierher."

Mutters Augen waren irgendwie traurig, aber funkelten dabei dermaßen eigenartig, dass ich den Eindruck hatte, sie sehe etwas für uns Unsichtbares. Ich wollte diesem unnatürlichen Augenblick so schnell wie möglich ein Ende bereiten, bewegte mich hin zur Veranda und öffnete das Fenster zum Hof.

„Mach es nicht auf! Vielleicht ist es ja Junpei …", sagte die Mutter im scharfen Ton.

„Moment … Mutter …", sagte ich nur verwirrt, weil es mir die Sprache verschlug.

„Junpei …", murmelte Mutter und fing wieder an, dem Schmetterling hinterher zu jagen. Überwältigt von ihrem tiefen Ernst machte ich das halb geöffnete Fenster unwillkürlich wieder zu. Atsushi, der seinen Pyjama angezogen hatte, kam aus dem Bad und betrachtete Mutters Verhalten vom Flur aus. Auch Vater wurde auf den Tumult aufmerksam und kam von seinem Sprechzimmer herüber. Als er die aus der Fassung geratene Mutter sah, machte er sich weniger Sorgen um sie, sondern bekam vielmehr schlechte Laune.

„Lass den schnell raus", sagte Vater und wedelte mit der Zeitung, die er in der Hand hielt, in meine Richtung. Ich konnte mich nicht rühren und blieb wie angewurzelt vor dem Fenster stehen. Mutter lief an mir vorbei dem Schmetterling hinterher.

„Hör auf! Das ist ja erbärmlich", sagte Vater im Flur stehend.

„Mutter, beruhige dich …" Als ich sie ansprach, reagierte sie mit einem „aber …", ohne den Schmetterling aus den Augen zu lassen. Der Schmetterling flatterte in einer Zimmerecke herum, glitt daraufhin in einer sanften Bewegung dicht an Mutters ausgestrecktem Fingern vorbei, wechselte seine Bahn und flog dann quer unter der im

Wohnzimmer aufgehängten Neonlampe hinweg. In diesem Augenblick leuchtete das Gelb seiner Flügel hell auf. Dann überquerte er schwankend den flachen Esstisch und landete auf dem Rahmen des Fotos meines Bruders, das vor dem Hausaltar aufgestellt stand, als wolle er seinen Flügeln eine Rast gönnen.

Ich wurde von dem Gefühl überwältigt, dass sich vor meinen Augen ein Wunder ereignet hatte.

„Sieh doch! Das ist wirklich Junpei!“ flüsterte Mutter leise.

Einen kurzen Augenblick packte uns alle fünf anwesenden Personen dasselbe Gefühl wie Mutter.

„Das kann doch nicht wahr sein … das …“

Das Ende von Vaters Satz ging kraftlos unter.

„Junpei …“, rief Mutter wieder zu dem Schmetterling, als sie sich Schritt für Schritt dem Hausaltar näherte.

Sowohl Vater als auch ich näherten uns dem Schmetterling – nicht, um Mutter aufzuhalten, sondern um ihn uns genauer anzusehen. Der Schmetterling bewegte nur ganz leicht seine Flügel auf und ab, als wolle er zu Atem kommen.

Zögerlich streckte ich die rechte Hand nach dem Schmetterling aus.

„Sachte, ganz sachte …“, sagte Vater besorgt.

Der Schmetterling, dessen Flügel beidseitig von meinen Fingern eingeklemmt wurden, machte keine Anstalten, sich zu wehren.

Bei meinem Versuch, ihn hochzuheben, klammerte er sich jedoch mit einer unerwarteten Kraft mit seinen dünnen Beinen am Holzrahmen des Bildes fest.

Behutsam, um ihn nicht zu verletzen, löste ich die Beine des Schmetterlings vom Bild.

„Schaut mal!“ zeigte ich ihn den um mich Versammelten, die auf meine Hand schauten.

„Das ist ein Schmetterling, ein ganz gewöhnlicher Schmetterling“, sagte ich.

Als könne es Mutter immer noch nicht glauben, starrte sie weiterhin auf meine Hand, ohne sich zu rühren.

„So ist es … ein ganz normaler Schmetterling“, sagte Vater nur. Er war zuvor genau wie alle anderen wie zur Salzsäule erstarrt, aber nun wurde er wieder er selbst, entfernte sich aus unserem Kreis und verließ den Raum in Richtung Küche. Atsushi, der daraufhin Vaters

Platz in der Runde einnahm, schaute scheu, fast ehrfurchtsvoll auf meine Hand.

„Ich lasse ihn jetzt frei“, sagte ich, und um meinen Worten Nachdruck zu verleihen, wand ich mich Richtung Veranda. Ich wollte diesen nächtlichen Zwischenfall zu seinem Ende bringen. Mutter, Yukari und Atsushi kamen hinter mir her. Ich öffnete das Fenster und ließ den Schmetterling zum Garten hinausfliegen. Dieser flatterte wie im Haus noch eine Zeitlang umher, verschwand aber schließlich in der Dunkelheit.

„Am sechsten Todestag meiner Großmutter kam auch ein Schmetterling hereingeflogen, obwohl es schon Abend war“, murmelte Mutter, die Augen geschlossen und die Hand an der Stirn. Es sah so aus, als ob sie keinen Halt fand und hinzufallen drohte.

„Mutter, wie wäre es, wenn du ins Bad gehst?“, sagte ich in einem absichtlich heiteren Ton.

Mutter öffnete langsam ihre Augen und sah mich zum ersten Mal direkt an.

„Ja … sollte ich wohl machen.“

Sie lief torkelnd in Richtung des japanisch eingerichteten Zimmers. Dort lagen mehrere Kimonos ausgebreitet. Mutter und Yukari hatten bestimmt bis vor kurzem darüber gesprochen, welchen von ihnen sie Yukari zum Geschenk machen sollte.

Mutter setzte sich plumpsend auf die Tatami-Matte, zog die Kimonos an ihre Knie heran und fing an, sie zusammenzufalten. In diesem Moment läutete das Telefon auf dem Flur kräftig. Vater blieb weiterhin mit der ausgebreiteten Zeitung vor sich in der Küche auf dem Stuhl sitzen und rührte sich nicht. Mir blieb nichts anderes übrig, als ans Telefon zu gehen. Der Anruf war von dem Sohn der Nachbarin, Frau Oka, aus dem Haus auf der anderen Straßenseite. Er sagte, dass es seiner Mutter schlecht ginge. Die 80-jährige Oka Fusa kannte meinen Vater seit langem und ging immer zu ihm in die Beratung, wenn sie gesundheitliche Probleme hatte. Obwohl Vater bereits seit drei Jahren nicht mehr praktizierte, wollte sie anscheinend trotzdem unbedingt von Dr. Yokoyama behandelt werden.

„Der Großmutter von gegenüber geht es nicht gut“, sagte ich zu meinem Vater Richtung Küche, während ich den Hörer mit der Hand zuhielt.

Nach einem kurzen Augenblick legte Vater die Zeitung auf den Tisch und kam zu mir in den Eingang.

„Gib' mir mal den Hörer." Als er an mir vorbeilief und mit dem Finger in Richtung des Sprechzimmers zeigte, quietschte der Boden unter seinen Füßen.

„Wieder Probleme mit dem Herzen … Sie hat doch sicher Digitalis genommen …", war sein Murmeln im dunklen menschenleeren Flur zu vernehmen, als ob er mit sich selbst redete. Ich drückte auf den Knopf der Weiterleitung zum nächsten Apparat und legte den Hörer auf.

Mutter begab sich endlich mit den Umziehsachen in der Hand ins Bad. Atsushi stand auf der Veranda und hielt weiterhin nach dem Schmetterling Ausschau, der nicht mehr zu sehen war. Yukari sah mich besorgt an. Ich lächelte ihr leicht zu, womit ich ihr mitteilen wollte, dass alles kein Problem sei.

Als ich mich dem Wartezimmer näherte, um nachzuschauen, was los war, hörte ich Vaters Stimme vom Behandlungszimmer her:

„Nun, rufen Sie einen Krankenwagen … ich bin ja schon … ich würde das ja gerne machen, aber … geht nicht …" Ich konnte dabei Vaters Gestalt durch die Glastür hindurch verschwommen erkennen.

„Tut mir wirklich leid, dass ich da nichts machen kann …", sagte Vater zuletzt und legte behutsam den Hörer auf. Das „Pling" drang bis zu mir ins Wartezimmer herüber. Vater blieb eine Weile stehen und rührte sich nicht. Auch ich konnte mich nicht bewegen und blieb wie angewurzelt im Wartezimmer stehen.

Als vor dem Haus gegenüber der Krankenwagen hielt, bildete sich sofort eine Menschentraube. Nach einer Weile wurde Oka Fusa auf einer Trage durch die Haustür herausgetragen. Vater, der dies mit verschränkten Armen aus der Ferne angesehen hatte, ging nun in die Nähe bis zu dem Krankenwagen und schaute ihr besorgt ins Gesicht. Da sie eine Sauerstoffmaske übergezogen hatte, konnte man nicht sehen, ob sie Probleme mit der Atmung hatte.

„Ihr Puls? Wie hoch ist der?", fragte Vater einen der Sanitäter.

„Entschuldigung, das ist gefährlich, machen Sie etwas Platz", sagte dieser kurz angebunden – vielleicht, weil er ihn nicht verstehen konnte. Jung, wie er war, schien er nicht begriffen zu haben, dass Vater Arzt war. Als Vater merkte, dass er für einen der Schaulustigen gehalten wurde, verlor er die Fassung: „Nein … das ist anders … Ich bin nämlich … von hier …"

Er drehte sich um und zeigte mit seinem Finger auf sein Haus, während die Sanitäter sich hektisch bewegten, um die Trage in den Krankenwagen zu heben. Es ging nun Schritt für Schritt weiter, ohne dass Vater daran Anteil hatte. Die Sanitäter öffneten die Tür des Krankenwagens und schoben die Trage hinein. Ich blickte wie gebannt von einer Stelle vor dem Hauseingang aus auf den Rücken von Vater, der nur hilflos in der Nähe des Krankenwagens herumstand.

Es war das erste Mal, dass ich ihn in einem so jämmerlichen Zustand gesehen hatte.

Der Krankenwagen setzte sich, Vater zurücklassend, in Bewegung, zuerst ohne Sirene. Vater trat auf die Straße hinaus und schaute widerstrebend hinterher. Da ist wieder ein Mensch weniger, der Vater „Herr Doktor" nennt, dachte ich ein wenig sentimental. Die Traube der Schaulustigen löste sich in kleine Gruppen auf. Die Sirene des Krankenwagens war dann, vielleicht weil er durch das Wohngebiet fuhr, noch eine ganze Weile zu hören.

„Nun, ich gehe wohl schlafen", sagte Vater wie zu sich selbst, nachdem er endlich gemerkt hatte, dass er alleine dort zurückgeblieben war, und kehrte in Richtung Hauseingang zurück, wo ich stand. Ich wollte irgendetwas zu ihm sagen und ging einen Schritt auf ihn zu. Vater, der dies bemerkte, schaute mich kurz an, wandte seine Augen ab, als wolle er mein Mitleid abwehren, und lachte.

„Zeig dich doch nicht draußen in diesem Pyjama, das ist ja liederlich …", brachte er nur diese eine Beschimpfung hervor und kehrte schleunigst ins Innere des Hauses zurück. Die Sirene heulte noch immer in der Ferne. Mir wurde an den Füßen, die in Holzsandalen steckten, ein wenig kalt.

Wieder im Haus, ging ich diesmal in Richtung Bad. Ich öffnete die Tür zu dem Waschraum und stellte mich vor den Spiegel. Dort tat ich so, als würde ich mir die Zähne putzen und betrachtete mich im Spiegel.

Im Badezimmer war es wieder lautlos still. Als ich gerade Mutter fragen wollte, ob alles in Ordnung sei, hörte ich Mutters Stimme zuerst: „Er hat doch versprochen, die Fliesen zu reparieren … er ist nach dem Essen gleich verschwunden, der Nobuo …"

Mutter drehte den Wasserhahn auf und begann, ihr künstliches Gebiss zu reinigen.

„Der ist immer so … Alles nur Gerede." Ich war ein wenig

erleichtert, dass sie ihre spitze Zunge wiedergefunden hatte. Ihre Anwesenheit durch die Glastür hindurch spürend, begann ich, meine Zähne mit der Zahnbürste, die sie mir hingelegt hatte, zu putzen.

Wenn mir diese kleinen Begebenheiten an diesem Tag, die man kaum Ereignisse nennen möchte, selbst heute noch so klar und deutlich vor Augen stehen, dann wohl deswegen, weil mir an diesem Tag eine Selbstverständlichkeit bewusst wurde – nämlich dass meine Eltern bestimmt nicht immer so wie früher sein würden. Obwohl ich es direkt vor meinen Augen sehen konnte, dass es sich um ihren Lebensabend handelte, unternahm ich nichts. Meinen kopflos gewordenen Eltern schaute ich nur ebenso kopflos aus der Ferne zu. Am nächsten Tag hatte ich sogar wieder vollständig vergessen, dass es diese Ereignisse überhaupt gegeben hatte, und mir war wie immer ihre Existenz lästig. Und dann kehrte ich gleich wieder in mein alltägliches Leben zurück, das keinen Bezug zu ihnen hatte. Man kann nichts dagegen machen, dass die Eltern alt werden. Man kann wohl auch nichts dagegen tun, dass die Eltern sterben.

Nur der Stachel, dass ich damals keinerlei Anteilnahme für sie empfunden hatte, blieb für immer in meinem Herzen zurück.

Meine Mutter erlitt ihre zweite Gehirnblutung ein Jahr nach ihrem ersten Zusammenbruch. Ihre Demenz war zwar fortgeschritten, aber sie war dann zu einem gewissen Zeitpunkt so weit genesen, dass sie im Bett sitzen und selbständig das Essen zu sich nehmen konnte, und von Seiten des Krankenhauses wurden sogar schon Stimmen laut, die von Rehabilitationsmaßnahmen sprachen. Mutter sagte mit der für sie typischen spitzen Zunge zu den Krankenschwestern, die ihr das Gesicht abwischen kamen, „aua, das tut weh“ oder „sind Sie aber ungeschickt“, brachte sie damit zum Lachen und wurde schließlich auf der Station regelrecht beliebt. Schon allein deswegen war es für mich ein Schock, als ich die Nachricht bekam.

„Was sollen wir machen? In ihrem Zustand wird sie noch vier, fünf Tage am Leben bleiben, denke ich – sollen wir operieren?“, und als mich der behandelnde Arzt das fragte, sagte ich ohne zu zögern: „Ich bitte darum“ und verbeugte mich. Du darfst jetzt noch nicht sterben. Ich möchte, dass du noch siehst, wie ich doch ein wenig stattlicher geworden bin. So etwas dachte ich. „Nun, wie viel von der Persönlichkeit Ihrer Mutter noch übrig geblieben ist, kann ich nicht sagen, aber wir werden es versuchen", sagte der Arzt und zeigte ein Lächeln.

Die Operation verlief erfolgreich. Sie konnte zwar nicht mehr sprechen und war blind, aber wenn man sie dicht an den Ohren ansprach, konnte sie nicken oder den Kopf schütteln. Aber als sie im folgenden halben Jahr Schritt für Schritt dem Tod näher kam, konnte ich nur hilflos Tag für Tag an ihrer Seite dabei zusehen. In dem zweiten Krankenhaus, in das sie nach dem ersten Notfallkrankenhaus dann verlegt worden war, wurde Mutter schon nicht mehr wie ein Mensch behandelt.

Weder die Ärzte noch die Krankenschwestern haben sie auch nur einmal bei ihrem Namen gerufen und sprachen sie auch nicht an. Man konnte vielleicht sagen, dass es wohl unvermeidlich war, weil sie Mutter weder lachen noch sprechen gehört hatten. Für mich war es hart, bei meinen Besuchen zu sehen, wie sie wie ein Ding behandelt wurde. Selbst dann ging ich, halb aus Starrköpfigkeit, regelmäßig ins Krankenhaus. Ich glaube, dass ich möglicherweise mit dem Gefühl dorthin ging, den Fehler, die Ermahnung meines Vaters in den Wind geschlagen zu haben, wieder gutmachen zu wollen, und um mich selbst dafür zu bestrafen. Eine Weile nach der Verlegung konnte Mutter nicht mehr aus eigenen Kräften atmen. Wir in der Familie wussten alle, dass kein Wunder mehr geschehen würde. Trotzdem wollte ich nicht aufgeben.

„Schließen sie die Beatmungsmaschine an."

„Sollen wir wirklich?"

Der Arzt sah mich überrascht an.

„Wir haben uns doch schon lange genug bemüht", erwiderte er.

Ich schaute den Arzt erstaunt an. Er machte einen Gesichtsausdruck, als wäre es ihm irgendwie lästig. Wenn man die Maschine einmal angeschlossen hatte, konnte man sie nicht so leicht wieder abstellen. Um eine Patientin wie Mutter, die zig verschiedene Medikamente brauchte, wollten sie sich als Krankenhaus nicht gerne kümmern, weil das Honorar, das sie für ein Bett in Rechnung stellen konnten, festgelegt war.

Daher war es für ein Krankenhaus profitabel, möglichst nur solche Patienten zu haben, die kein Geld verschlangen.

„Das ist wie bei den faulen Krediten der Banken, wissen Sie. Man produziert rote Zahlen, nur weil man lebt", erklärte mir ein Bekannter, der Arzt war. Trotzdem hatte ich den Wunsch der Familie an die erste Stelle gesetzt. Nach einiger Zeit wurde ich zur Oberschwester gerufen. Ich saß dieser über fünfzig Jahre alten Oberschwester, mit der ich bis dahin noch so gut wie gar nicht gesprochen hatte, nun im Schwesternzimmer gegenüber. Sie sagte, als ob sie mich dafür zurechtweisen wollte, dass ich unbedingt die künstliche Beatmung für Mutter wollte:

„Ich glaube, Ihre Mutter wünscht sich darüberhinaus keine lebensverlängernden Maßnahmen", und versuchte mich zu überzeugen:

„Das ist egoistisch von ihrer Familie."

Mich überkam der Impuls, der Frau vor mir kräftig ins Gesicht schlagen zu wollen. Was weißt du schon, schrie es in mir und ich ballte die Fäuste dabei. Kannst du mir hier und jetzt Mutters Namen nennen? Obwohl du kein einziges Mal an ihrem Kopfende gesessen und versucht hast, sie anzusprechen, behauptest du steif und fest, dass sie keine lebensverlängernden Maßnahmen will. Ich hatte gerade am Tag zuvor Mutter gefragt, ob sie weiter kämpfen wolle, und sie hat zwei, drei Mal genickt. Als ich sie fragte, ob sie Schmerzen habe, hat sie den Kopf geschüttelt. Davon weißt du wohl nichts. Es interessiert dich nicht einmal.

Das wollte ich ihr mitteilen, aber sagte es schließlich doch nicht.

„Ich bitte darum", sagte ich nur und verbeugte mich ganz tief. Weil sich bei mir die Befürchtung regte, dass sie Mutter möglicherweise noch kälter, noch mehr als Ding behandeln würden. Ich konnte es aber auch, so ein weiterer Grund, wohl nicht abstreiten, dass ich, wie sie gesagt hatte, egoistisch war. Wenn es für mich ein Problem darstellte, sie jetzt sterben zu lassen, dann handelte es sich tatsächlich um nichts anderes als Egoismus.

Im Schlepptau meines Egoismus lebte sie noch drei Monate. In diesen drei Monaten brachte Yukari auch ein Kind zur Welt. Ein Mädchen. Ich denke, Mutter hat wahrscheinlich nicht mehr mitbekommen, dass ich Vater geworden war, und sie war natürlich auch nicht mehr in einem Zustand, in dem sie es in den Armen hätte halten können. Haben diese drei Monate nun für meine Mutter und dann für mich einen Sinn gehabt? Das weiß ich noch heute nicht. Vielleicht war es wirklich so, wie der Arzt und die Krankenschwester gesagt hatten, so, dass ich nur ihr Leiden etwas verlängert habe. In letzter Zeit denke ich öfters darüber nach, wie es wohl gewesen wäre, wenn Vater noch am Leben gewesen wäre. Wie hätte Vater wohl als Arzt geurteilt? Was hätte er als ihr Mann empfunden? Und wie wäre es wohl gewesen, wenn mein Bruder noch gelebt hätte?

Hätte er tatsächlich meine Entscheidung kritisiert? Ich versuche jetzt immer noch manchmal, sie zu fragen, auch wenn es keine Antwort gibt.

Ohne es selbst recht gemerkt zu haben, war ich in mein Zimmer gegangen. Ich wollte vielleicht nach dem langen Tag alleine sein. Ich saß in dem Pyjama an meinem Schreibtisch. Der nun klein gewordene Drehstuhl quietschte. Der von mir mittags zerknüllte Aufsatz lag noch genauso wie vorher auf dem Tisch. Ich nahm ihn in die Hand und faltete ihn auf. Weil ich ihn mit Gewalt meiner Schwester weggenommen hatte, war er an der Ecke links oben ein wenig eingerissen. An einigen Stellen gab es rote Flecken, die wahrscheinlich Wassermelonen sein sollten. Über dem Aufsatz hatte ich ein Bild gemalt. Da waren Vater, der einen weißen Kittel trug und einen Koffer hielt, mein Bruder sowie ich als Grundschüler, dem ein Stethoskop vom Hals herunter baumelte und der mit weit geöffnetem Mund lachte. Es war ein wirklich fröhliches Lachen, bei dem man bis zum Gaumenzäpfchen in den Mund schauen konnte. Ich öffnete die Schublade und begann darin zu suchen. Hinter einem Druckbleistift und einem Schlüsselanhänger entdeckte ich einen Tesafilm. Wofür hatte ich ihn wohl gebraucht? Ich drehte meinen Aufsatz um und klebte den Tesafilm auf die eingerissene Stelle. Das war meine einzige Restaurationshandlung an dem Tag. Darüberhinaus hatte ich keinen Handgriff getan.

Ich ging leise die Treppe herunter. Aus dem Zimmer meiner Schwester konnte ich die lachenden Stimmen von Yukari und Atsushi hören, die sich spielerisch balgten. Sie schienen glücklich zu sein. Ich ging nicht gleich zu ihnen, sondern zuerst in die Küche, in der kein Licht brannte. Aus dem japanisch eingerichteten Zimmer am Ende des Flurs war keine Unterhaltung zu hören. Die beiden schliefen vielleicht schon. Ich holte mir aus dem Geschirrschrank ein Glas und trank daraus Wasser. Auf dem Küchentisch leuchteten rosa die Blüten der Lagerströmie im Dunkeln.

Früher, als wir gerade hierher umgezogen waren, sind wir zu dritt, mein Bruder, meine Schwester und ich, auf Entdeckungstour gegangen. Wir stellten fest, wo der Spielplatz und die Schule lagen, schauten in eine Hundehütte und machten ewig mit dem Spiel weiter. Hinter der Mittelschule gab es ein großes Anwesen, und neben dem Tor bogen sich die Äste einer Lagerströmie, und deren Blüten hingen auf den Weg herunter.

„Vater hat auch so einen Baum im Hof gepflanzt", meinte mein Bruder.

„Ob der wohl nächstes Jahr blüht?", fragte meine Schwester.

„Quatsch. So schnell geht das wohl kaum", sagte mein Bruder und fügte hinzu, dass es zehn Jahre dauern würde, bis der Baum anfangen würde zu blühen. Er berührte eine Blüte und roch an ihr. Meine Schwester streckte sich und fasste mit den Fingerspitzen an eine Blüte. Ich machte mich ebenfalls lang und versuchte nach einem Zweig zu greifen, kam aber nicht heran.

„Schau mal", sagte mein Bruder, griff nach dem Zweig und zog ihn herunter.

„Will nicht", lehnte ich ab, weil ich das Gefühl hatte, wie ein Kind behandelt zu werden.

Dann nahm ich Anlauf und sprang zur Blüte hoch. Ich spürte auf jeden Fall den Widerstand der Blüte und landete auf dem Boden. Dann merkte ich, dass ich mit meiner Hand fest einen Zweig der Lagerströmie umklammert hielt.

„Ich weiß' von nichts", sagte mein Bruder.

„Das gibt Ärger", meinte meine Schwester.

Und dann liefen sie weg. Mich packte die Angst, dass jemand aus dem Haus kommen würde, und ich rannte mit Leibeskräften den beiden hinterher. Als wir zu Hause ankamen, war es um uns herum schon dunkel.

„Wirf das weg", sagte mein Bruder zu mir, aber ich schüttelte den Kopf.

Ich befürchtete zwar auch, dass jemand, wenn ich das Beweisstück wegwarf, es entdecken würde, aber vor allem konnte ich das einfach nicht tun, weil die Blüten der Lagerströmie so frisch und schön waren. Insgeheim mit einem Klopfen in meinem Herzen umklammerte ich mit der Hand den Zweig mit den rosafarbenen Blüten und streckte ihn in der Küche Mutter entgegen.

„Den hast du aber doch nicht abgebrochen?"

Dann sagte sie „wirklich schön“ und schaute mir ins Gesicht. Mein Bruder und meine Schwester taten so, als wüssten sie von nichts, und tranken den Gerstentee aus dem Kühlschrank.

„Den habe ich gefunden“, sagte ich, ohne Mutter anzusehen, und gesellte mich zu den anderen beiden.

Am nächsten Morgen stand der Zweig der Lagerströmie vor dem buddhistischen Altar. Eine ganze Weile lang hatte ich das Gefühl, von Buddha für eine Sünde getadelt zu werden, wenn ich eine Lagerströmie sah, und wurde unruhig.

Inzwischen waren dreißig Jahre vergangen. Die Blüten der Lagerströmie vor meinen Augen waren noch genauso frisch und schön wie damals. Nur ihre Schönheit hatte sich in den dreißig Jahren dazwischen nicht geändert. Alles andere hatte sich größtenteils, ohne Spuren zu hinterlassen, gewandelt.

Am nächsten Morgen gingen Vater, Atsushi und ich zu dritt zum Strand, um spazieren zu gehen. Ich hatte auch Yukari eingeladen mitzukommen, aber sie hatte freundlich abgelehnt, weil sie mit Mutter zusammen nach dem Frühstück aufräumen wollte. Sie grinste nur ein klein bisschen boshaft und sagte: „Dann geht mal schön“, und sah mich so an, wie man ein Kind ermahnt.

Als wir im Eingang in die Schuhe schlüpften, kam Mutter aus der Küche heraus und sagte: „Geht aber nicht ins Meer.“

Atsushi, der neben der Tür stand, reagierte mit einem fröhlichen „jaaa“. Als wir nach vorne das Haus verließen, stand Vater verlassen etwa an der Stelle, an der auch der Krankenwagen gehalten hatte. Er schaute unverwandt auf die Sonnenblumen, die vor der Haustür des Hauses gegenüber blühten.

„Gehen wir ans Meer“, fragte Atsushi, der zu Vater hingelaufen war und nun neben ihm stand, und schaute zu ihm auf. Er hatte anscheinend nicht die geringste Absicht, sich an sein Versprechen, das er Mutter gegeben hatte, zu halten.

„Ja, gehen wir, gehen wir“, sagte Vater mit einem Mal, als sei er gerade wieder in die Wirklichkeit zurückgekehrt, und begann mit einem Lächeln auf den Lippen loszulaufen.

Atsushi rannte los, blieb stehen und drehte sich um. Ich brachte es nicht fertig, ihm zuzuwinken oder ihn anzulächeln. Aber in dem

Ausmaß, wie sich seine Freude mitteilte, wurden meine Schritte leichter, und ich schaute zum Himmel auf oder atmete tief ein. Wir drei, die sich immer ein klein wenig mehr nach vorn und hinten voneinander entfernten, kamen der Treppe, die einen grünen Tunnel bildete, näher. Atsushi rannte sie, zwei Stufen auf einmal nehmend, herunter, blieb stehen, und, während er auf uns wartete, drehte er Blätter am Wegesrand um oder tippte mit dem Stock die Kiesel an, die in den Graben gefallen waren. Der Gang meines Vaters hatte sich extrem verlangsamt, wo es nun steil bergab ging. Wenn man aufmerksam hinhorchte, konnte man seinen unruhigen Atem hören. Damit er nichts von meiner Besorgnis und Rücksichtnahme mitbekam, tat ich so, als würde ich zum Sonnenlicht aufblicken, um mich dann umzudrehen. Vater hatte gar nicht genug Kraft, um zum Himmel hinauf zu schauen, sondern blickte mit aller Kraft auf seine Füße, während sich auf seiner Stirn ein dünner Film aus Schweiß gebildet hat. Ich blieb stehen und holte wie aus heiterem Himmel mein Handy aus der Hemdtasche. Ich tat so, als würde ich nachsehen, welche Nachrichten eingegangen seien, ging zur Seite und überprüfte den Anrufbeantworter. In der Zwischenzeit hatte Vater mich langsam überholt. Vater versuchte mit aller Macht, weder von Atsushi zurückgelassen zu werden noch sich das anmerken zu lassen. Das wirkte aber zusätzlich kläglich. Ich steckte das Handy wieder in die Hemdtasche und begann ihm hinterher zu gehen, wobei ich darauf achtete, ihn auf keinen Fall zu überholen.

Obwohl es der Morgen an einem Feiertag war, hatte sich schon auf der Straße, auf welcher der Bus fuhr, ein Stau gebildet. Vielleicht war der Tag die letzte Chance, noch einmal im Meer zu schwimmen.

Nachdem eine ganze Reihe von großen LKWs hintereinander vorbeigefahren war, lag das graue Meer ausgestreckt auf der anderen Seite der breiten Straße. Der Seegang schien rau zu sein.

Als Atsushi bemerkte, dass wir ihn erreicht hatten, drehte er sich um und begann, die Fußgängerbrücke hinaufzusteigen. Vater schien etwas zu zögern – weil es das Meer war, in dem mein Bruder ertrunken ist. Dann begann er, als würde er von Atsushi hinter sich hergezogen, ebenfalls die Treppe hochzugehen. Atsushi, der die Treppe auf der anderen Seite hinuntergestiegen war und schon am Strand stand, sah für einen Moment zu uns hin und rannte dann ohne Unterbrechung bis zu der Stelle, wo die Wellen auf den Strand trafen.

Ich rief ihm hinterher: „Fall nicht hin."

„Keine Sorge“, antwortete Atsushi mit dem Gesicht zum Meer.

Als ich merkte, dass mein Verhalten väterlich geriet, wurde ich selbst ein wenig verlegen.

Die Wellen waren höher als gedacht. Da es sich um eine Zone handelte, in der Baden verboten war, waren außer ein paar Anglern kaum Leute gekommen. Die Wolken am Himmel zogen in hohem Tempo in Richtung Berge. Beidhändig auf den Stock gestützt, stand Vater mit dem Gesicht zum Meer zur vollen Größe aufgerichtet, wie eine Wächtergottheit am Tempel, da. Ich näherte mich ihm langsam von hinten, hockte mich neben ihn hin, und wir beide schauten nebeneinander auf das Meer. Ich wollte mich mit ihm unterhalten, aber es fiel mir kein Gesprächsthema ein. Wenn ich ihn fragen würde, ob er Probleme mit dem Fuß habe, bestand die Möglichkeit, dass ich damit seine Laune ruinieren würde. Dann würde der Rückweg zur Qual.

Nachdem ich hin und her überlegt hatte, fragte ich ihn „Was machen denn die Bay Stars Yokohama so?“, und brachte anders als sonst immer diesmal selbst das Gespräch auf Baseball. Bei genauerem Überlegen war es allerdings die falsche Jahreszeit für das Thema, da es schon September war.

„Du bist jetzt doch sicher Yokohama-Marinos-Fan“, lachte Vater und imitierte den Tritt vor einem Ball. Ich stand unwillkürlich auf.

„Fußball? Du, Vater?“

„Ja, ich gehe in das Stadion von Yokohama“, sagte Vater angeberisch.

„Äh? … Mit wem denn?“

Dass es sich dabei nicht um Mutter handelte, stand schon einmal fest. Meine Schwester hatte mir auch nicht erzählt, dass er mit Mutsu oder Satsuki dorthin gehen würde.

„Na, ist das nicht egal …“, sagte er verlegen und machte absichtlich eine böse Miene. Da sie aber wohl nur gespielt war, hielt sie nicht lange vor.

„Sollen wir mal zusammen da hingegen – mit deinem Jungen da“, sagte Vater und deutete mit dem Kinn auf Atsushi, der gerade Steine aufhob und sie in die Wellen warf.

„Ja, können wir …“, pflichtete ich ihm bei, verwirrt von dem Verlauf des Gesprächs.

„Irgendwann bald einmal“, sagte ich, ohne Vater anzusehen. Auch Vater hatte mir bis zuletzt nicht ins Gesicht geschaut.

„Da sinkt ein Schiff", hörte ich plötzlich Atsushi durch die heftigen Wellen und den starken Wind hindurch schreien. Als wir uns umdrehten, zeigte Atsushi mit dem Finger auf die Küste in der Ferne. Ein weißes Schiff, vermutlich ein Fischerboot, war mit dem Bug in Richtung Festland auf den Strand geworfen worden und neigte sich stark zur Seite. Die anrollenden Wellen schlugen heftig an das Schiffsdeck. Im Kreis um das gestrandete Schiff herum standen Fischer mit Seilen in der Hand, aber sie schienen absolut nichts ausrichten zu können. Atsushi machte Anstalten, in Richtung des Schiffs zu laufen, aber diesmal rührte sich Vater nicht. Er dachte vielleicht an den Tag zurück, an dem mein Bruder den Unfall hatte.

Das war der letzte Spaziergang mit Vater.

Im folgenden Jahr trat eine Lähmung in seinem Fuß auf, so dass er, selbst wenn er einen gewohnten Weg ging, von den Treppen ganz zu schweigen, stolperte und hinfiel.

Vater, der nicht mehr ausgehen konnte, wurde über Nacht alt. Wahrscheinlich ist ein Mann einfach so gebaut. Ich habe ihn nur einmal in der Körperhaltung erlebt, wie er sich, nachdem er aus dem Bad kam, auf dem Futon sein Bein massierte. Seine Beine waren stark angeschwollen, die Muskeln verhärtet und nur die Wade des rechten Beines war dünn wie ein Stock. Dieser Fuß bekam kein Sonnenlicht, so dass er auch im Hochsommer blass aussah und die kraftlose Haut Falten bildete. Ich weiß nicht, aus welchem Grund mich dies an meine Kindheitstage erinnerte, als ich im Badezimmer die Genitalien meines Großvaters erblickte und unwillkürlich meine Augen von ihnen abwendete.

„Geh aber auch zum Zahnarzt!" Mutter, die sich an der Bushaltestelle angestellt hatte, wiederholte ihre Mahnung. Seit gestern war es schon das zweite Mal.

„Ja … nun … bald mal."

Ich schaute noch einmal auf den Fahrplan.

Die Einladung meiner Mutter, noch zum Mittagessen zu bleiben, hatte ich entschieden abgelehnt, und so traten wir nun unseren Heimweg an. Vater und Mutter akzeptierten dies mit einem Bedauern und brachten uns zum Abschied bis zur Bushaltestelle.

„Bald mal, bald mal, das sagt du jedes Mal!"

„Wenn ein Zahn Karies hat, dann haben es die anderen Zähne auch bald“, sagte Mutter und verzog das Gesicht.

„Ja.“

Damit das Genörgel ein Ende fand, nickte ich absichtlich deutlich.

„Wenn der Zahn erst gezogen wird, ist es zu spät.“

Ich konnte Mutter meinen Willen nicht vermitteln.

„Ja, ja, ja, ja!“

Um mich zu vergewissern, ob der Bus nicht endlich käme, lehnte ich mich zur Straße hin vor und schaute um die Kurve.

Yukari neben mir kicherte. Möglicherweise, weil Mutters Redeweise der Art und Weise glich, wie sie tagtäglich mit Atsushi sprach. In den Händen Yukaris befand sich der von Mutter letzten Abend ausgewählte Kimono, zusammen mit dem dazugehörigen Gürtel, eingepackt in ein japanisches Einwickeltuch.

Vater stand mit ausdruckslosem Gesicht und mit dem Rücken zum Meer von uns aus einige Schritte entfernt weiter unten. Atsushi stand unterdessen mit einem Sonnenschirm an der Bushaltestelle.

„Du musst dich am Samstag richtig ausruhen. Vergiss nicht, dass du nicht mehr der Jüngste bist“, schwatzte Mutter weiter.

„Was soll das denn jetzt?! Gestern hast du doch noch gesagt, ich sei jung.“

Weil Mutters Worte dermaßen unsinnig waren, brach ich unwillkürlich in Lachen aus. In jenem Augenblick war endlich die Silhouette des Busses zu erkennen, wie er gerade von Weitem um die Ecke bog, und er hupte einmal.

„Ach da kommt er ja!“ sagte Mutter, anscheinend enttäuscht, und seufzte tief.

„Da war doch noch irgendwas, was ich dir sagen wollte ...“ Mutter ließ ihre Gedanken kreisen, gab aber sofort auf. Und dann fasste sie mit beiden Händen Atsushis rechte Hand und schüttelte sie rauf und runter.

„Na, komm wieder mal vorbei.“

Atsushi antwortete mit einem kurzen Nicken, und zog verlegen seine Hand aus Mutters Händen zurück. Yukari ging nun selbst auf Mutter zu und ergriff ihre ausgestreckte Hand.

„Nächstes Mal zeigen Sie mir bitte, wie man das frittierte Gemüse mit Rettich zubereitet!“

„Nichts leichter als das!“, antwortete Mutter und lächelte.

Vater sah sich Mutters Verhalten die ganze Zeit an, ohne dabei eine Gefühlsregung zu zeigen.

Mutter streckte mir wie selbstverständlich ihre Hand entgegen.

„Ich doch nicht!“

Mutter die Hand schütteln zu sollen brachte auch mich tatsächlich in Verlegenheit.

„Schau hier!“ Mutter streckte ein weiteres Mal ihre Hand zu mir aus. Ich verbarg meine Hände aber hinter meinem Rücken.

„Wieso schütteln wir uns die Hände?!“

„Warum denn nicht?“ Gerade in diesem Moment traf der Bus ein.

„Auf Wiedersehen“, sagte Atsushi, verbeugte sich höflich und bestieg als erster den Bus. Yukari drehte sich um und verabschiedete sich von Vater: „Also dann, lieber Schwiegervater. Auf Wiedersehen!“

„Nun, bis nächstes Mal“, sagte ich, richtete mein Lächeln auf Mutter und stieg als Letzter ein. Als ob er Vater und Mutter bereits schon völlig vergessen habe, blickte Atsushi, mit dem Rücken zum Einstieg, zur Karte mit den Verkehrslinien hinauf. Yukari und ich setzten uns nebeneinander auf die hintersten Plätze im Bus. Der Bus setzte sich in Bewegung. Wir winkten Vater und Mutter durch die Rückscheibe zu. Während der Bus sich immer weiter von Mutter entfernte, blieb sie noch für eine Weile an der Bushaltestelle stehen und winkte uns zu. Vater hingegen hatte sofort die Straße überquert und den Heimweg angetreten.

Mutter lief danach dem Bus noch in kleinen Schritten in ihren Holzsandalen hinterher.

Nachdem der Bus, der Küstenlinie folgend, eine Kurve nach links machte, konnte man die beiden, irgendwie zu früh, nicht mehr sehen. Wir beide drehten uns gleichzeitig nach vorn um. Ich wusste, dass Yukari einen Seufzer ausgestoßen hatte.

Sie ist zwar eine charakterstarke Person, aber sie war es nicht gewohnt, die Schwiegertochter zu spielen, und war daher nun seelisch erschöpft.

„Damit ist Neujahr wohl schon mal erledigt. Einmal im Jahr ist wirklich genug“, sagte ich zu Yukari. Die nervliche Anspannung war bei mir dieselbe gewesen.

„Wir haben so viel zu essen bekommen. Wollen wir das nächste Mal abends zurückfahren?“, fragte sie.

„Habe ich es nicht gesagt? Wenn wir gestern vor dem Abendessen gegangen wären, wäre es auch gut gewesen."

„Ich hab ein bisschen zu viel gegessen und vielleicht ein Kilo zugenommen", sagte Yukari mit einer leicht koketten Stimme. Atsushi kam zurück und setzte sich zwischen uns.

„Sieben Bushaltestellen." Während er auf den Linienplan geschaut hatte, hat er die wohl gezählt.

Ich war erleichtert, dass Atsushi an dem Tag irgendwie kindlicher war als sonst.

„Ach so …", sagte ich unvermittelt.

Yukari schaute mich mit großen Augen fragend an.

„Jetzt erinnere ich mich. Der Sumo-Ringer, von dem wir gestern gesprochen haben."

„Ach diese Geschichte", bestätigte Yukari lustlos.

„Das war Kurohimeyama …"

Obwohl mir klar war, dass Vater und Mutter nicht mehr da waren, drehte ich mich unwillkürlich nach ihnen um. Durch die Rückscheibe des Buses warf ich einen Blick auf die Küstenstraße und seufzte.

„Das ist ja wohl immer so. Ich bin immer ein klein wenig zu spät dran …"

Vielleicht weil der Fahrer den Gang gewechselt hatte, ruckte es plötzlich, der Bus wurde einmal kräftig durchgerüttelt und nahm dann Fahrt auf. Das Meer, das am Fenster vorbeiglitt, war ruhig und blau, als wollte es den rauen Seegang von zuvor Lügen strafen, und der Himmel spiegelte sich in ihm.

Bei dem einen Gespräch über Kurohimeyama blieb es dann auch. Mit Vater bin ich letztendlich zu keinem Fußballspiel gegangen, und auch Mutter habe ich kein einziges Mal mit dem Auto herumgefahren. Ach, wenn ich damals nur das eine oder andere gemacht hätte … und wenn ich es bemerkte, hatte ich schon die Gelegenheit dazu vollständig verpasst und es war nicht mehr möglich, sie zurückzuholen. In meinem Leben kam ich immer ein klein wenig zu spät. Das war mein wirkliches Gefühl, nachdem ich Vater und Mutter verloren hatte.

Weil Vaters Tod so plötzlich kam, konnte ich ihn nicht pflegen und mich auch nicht mehr in aller Ruhe mit ihm unterhalten. Ehrlich gesagt hatte ich gar kein Gefühl für seinen Tod und während der Totenwache konnte ich überhaupt nicht weinen. Als ich in der Nacht in den Sarg blickte, hatte Vater den Mund geöffnet. Er sah genauso aus wie dann, wenn er schlief und schnarchte. Wenn erst die Leichenstarre eingetreten wäre, sähe er am nächsten Tag, wenn für alle die Zeit gekommen war, Abschied zu nehmen, unordentlich aus. Ich beriet mich mit Mutter und meiner Schwester, was wir tun könnten und dass wir irgendwie den Mund schließen müssten. Es würde auch nicht gehen, ihn mit einer Schnur wie bei den zum Gebet gefalteten Händen zuzubinden. Nachdem ich länger hin und her überlegt hatte, probierte ich, Toilettenpapier in ein Handtuch zu wickeln und es unter sein Kinn zu stecken, damit der Mund nicht mehr offen stand. Als ich in der Nacht heimlich nachschauen ging, wirkte er irgendwie nicht mehr lächerlich. Ich fragte mich, ob die Leichenstarre wohl schon eingetreten sei und berührte sein Kinn.

Irgendetwas fühlte sich ein wenig rau an. Das war sein Bart. Nachdem er gestorben war, war er aber mit Sicherheit noch einmal gründlich rasiert worden. Ich erinnerte mich, in irgendeinem Buch gelesen zu haben, dass sich nach dem Tod mit der Zeit die Haut zusammenzieht.

Vor langer, langer Zeit hatte ich auf diese Art tatsächlich Vaters Kinnbart berührt. Ich hatte mich auf die Beine von Vater gesetzt, der auf den Tatami-Matten im Wohnzimmer im Schneidersitz saß und wir schauten uns im Fernsehen Baseball an. Direkt neben meinem Gesicht war Vaters Kinn. Seine Bartstoppeln kratzten und taten weh, wenn sie an meine Wange kamen.

„Das tut weh." Als ich das sagte, rieb Vater mit Absicht sein Kinn gegen meine Wange. Die Erinnerung an dieses Gefühl von damals kam wieder hoch, und ich weinte für mich allein an der Seite des Sargs. Als einmal die Tränen flossen, wollten sie gar nicht mehr aufhören.

Ich hatte Vater und Mutter verloren und war jetzt von niemandem mehr der Sohn. Aber stattdessen, wenn man es so sagen kann, kam als jemand Neues meine Tochter auf die Welt.

Ehrlich gesagt ereignete sich ihre Geburt nicht zu dem richtigen Zeitpunkt, um die diversen Gefühle gegenüber Vater und Mutter wie Reue und Verlust begraben zu können. Was man verloren hat, hat man nun einmal verloren.

Weil wir nun zwei Kinder haben, habe ich den Führerschein machen und ein Auto kaufen müssen. Vielleicht wiederholen sich auf diese Weise die Dinge, während Form und Partner wechseln. Dieses Gefühl ist nicht so leicht zu verstehen, als dass man sagen könnte, ob man dabei glücklich oder traurig ist. Je weniger begreiflich dieses Gefühl ist, umso mehr ist es dem Leben als solchem nahe.

Wenn meine Tochter lächelt, ähnelt sie irgendwie Mutter.

Was sich Atsushi jetzt als Oberschüler für seine Zukunft erträumt, weiß ich nicht genau, aber er scheint wohl nicht Arzt werden zu wollen. Yukari holt, wenn es Sommer wird, den Kimono, den sie von Mutter bekommen hat, aus der Kommode und überlegt hin und her, ob sie ihn tragen oder was sie mit ihm machen soll. Wenn noch ein wenig Zeit vergangen sein wird, nächstes Jahr an Mutters Todestag, werden wir zu viert als Familie zu dem Friedhof gehen, von dem aus man das Meer sehen kann.

Dort werde ich vielleicht so etwas sagen wie „Das fühlt sich sicher gut an, an einem heißen Tag wie heute“ und dabei mit einer Schöpfkelle Wasser auf den Grabstein gießen. Auf dem Heimweg werde ich vielleicht auf einen Schmetterling zeigen, den ich zufällig gesehen habe, und zu meiner Tochter sagen, die ich an der Hand halte: „Dieser gelbe Schmetterling ist ein Kohlweißling, der den Winter überlebt und im Jahr darauf, nun gelb geworden, zurückkommt.“ Und dann werde ich an Mutter denken und vielleicht lachen und weinen.

Glossar

Ashita no Joe („Joe von morgen“): ein Manga, der von einem jungen Boxer handelt, veröffentlicht zwischen 1967 und 1973. Geschrieben und gezeichnet wurde er von Kajiwara Ikki (1936–1987) und Chiba Tetsuya (*1939).

Asuka-Zeit: Bezeichnung einer Periode in der japanischen Geschichte, die allgemein der Zeit von 592 bis 710 (Beginn der Nara-Zeit), manchmal auch von 593 bis 694 zugeordnet wird und nach ihrer Hauptstadt in der heutigen Präfektur Nara benannt ist. In diese Zeit fielen unter anderem die Taika-Reform 645, einem Umbau des Staates nach chinesischem Vorbild, und die Einführung des Buddhismus als staatlich geförderte Religion.

Azuki: kleine rote Bohne (Azuki-Bohne, *vigna angularis*), die oft für verschiedene beliebte japanische Süßigkeiten Verwendung findet.

Datemaki: kleine gesüßte Omeletterolle mit püriertem Fisch.

Dazai Osamu (1909–1948): berühmter Schriftsteller und ein Klassiker der modernen japanischen Literatur, der nach mehreren Versuchen zuvor 1948 Selbstmord beging. Die Bemerkung hier bezieht sich auf diverse Protagonisten seiner meist als Ich-Roman mit autobiographischen Bezügen angelegten Romane, die eine stark negative Haltung zu sich selbst und selbstzerstörerische Züge aufweisen.

Doraemon: eine äußerst populäre Figur des von Fujimoto Hiroshi (1933–1996, bekannt unter seinem Künstlernamen Fujiko F. Fujio) verfassten Manga gleichen Namens. Bei Doraemon handelt es sich um eine rundliche Roboterkatze, die aus der Zukunft geschickt wurde, um dem Schüler Nobita zu helfen, sein Leben in positivere Bahnen zu lenken.

Enka: volkstümliche, meist sentimentale Schlager mit Melodien in pentatonischen Tonleitern, wie sie auch in Volksliedern üblich sind.

Fusuma: eine Schiebetür aus undurchsichtigem Papier, die Räume mit *tatami*-Reisstrohmatten im Haus von anderen abtrennt.

Gokabō: Kuchen aus Reis und Hirse mit sirupartiger Bonbonmasse und Sojabohnenmehl.

Gomoku-Buchweizennudeln: eine Suppe mit *soba* (Buchweizennudeln) und diversen Zutaten.

Gyōza: kleine chinesische, mit Hackfleisch und Gemüse gefüllte Maultaschen.

Imokenpi: frittierte und kandierte Kartoffelstäbchen.

Ikenobō: berühmte und vielleicht älteste Ikebana-Schule, benannt nach dem Namen des Gründers (erste Erwähnung im Zusammenhang mit Ikebana 1462).

Ishida Ayumi (*1948): eine bekannte japanische Pop-Sängerin und Schauspielerin, die 1960 debütierte und vor allem in den 60er-Jahren erfolgreich war; ihr größter Hit war 1969 die Single *Burū Light Yokohama* („Blue Light Yokohama", veröffentlicht Dezember 1968).

Kakiage: *Tempura* mit geschnetzelten Gemüsestückchen.

Karintō: mit braunem Zucker kandiertes Gebäck.

Kendō: japanische Kampfsportart des Fechtens mit einem Bambusschwert, wozu eine Schutz-Rüstung mit Helm, Handschuhen etc. getragen wird.

Kitanoumi Toshimitsu (1953–2015): der 55ste Yokozuna (höchster Rang im Profi-Sumo), von 1967 bis 1985 aktiv und einer der dominierenden Sumo-Ringer in den 70er-Jahren. Kitanoumi gewann 24 Turniere, wurde mit 21 Jahren schon Yokozuna und blieb es 63 Turniere lang. Ab 1985 war er Besitzer seines eigenen Kitanoumi-Sumo-„Stalls" (*heya*) und von 2002 bis 2008 Vorsitzender der Sumo-Vereinigung.

Kurohimeyama Hideo (*1948): japanischer Sumo-Ringer, der von 1964 bis 1982 aktiv war, es 1974 bis zum Sekiwake (dritthöchster Rang im Profi-Sumo) brachte, den Yokozuna Kitanoumi drei Mal besiegen konnte und 1999 den Takekuma-„Stall" (*heya*) gründete. Der hier von der Mutter verwendete Ausdruck *nakabeso* („Weinerling") für ihn ist vermutlich eine Verballhornung des Ausdrucks *nakibeso* („so aussehen, als ob man gleich weinen würde") und spielt auf sein Gesicht mit flacher Nase und ausgeprägtem Kinn an, das oft einen leicht schmollenden Gesichtsausdruck zeigte.

Lagerströmie: jap. *sarusuberi* (*lagerstroemia indica*), ein Laubbaum aus der Pflanzen-Gattung der Weiderichgewächse (*lythraceae*), der in Japan als Zierbaum beliebt und für seine scharlachroten bis rosa-farbenen (pink-farbenen) oder weißen Blüten im Sommer bekannt ist.

Miyazawa Kenji (1896–1933): japanischer Schriftsteller und Dichter, der vor allem für seine modernen Märchen berühmt war.

Mizuyōkan: eine süße weiche Paste aus *azuki*-Bohnen.

Nishiki-Eierkuchen (*nishiki tamago*): ein Eierkuchen, bei dem das Eigelb und das Eiweiß getrennt, gedämpft und in zwei Lagen übereinander geschichtet werden.

Ogura: auch *ogura-an*, ein süßes Bohnen-Mus aus ganzen *azuki*-Bohnen.

Obara: Im Jahr 1895, von Obara Unshin (1861–1919) gegründete Ikebana-Schule, bekannt für den *moribana*-Stil, der unter einem gewissen westlichen Einfluss entstand.

Omote: Abkürzung für *omote senke* („Vorderes Sen-Haus"), eine der drei großen Schulen der japanischen Teezeremonie, die sich auf Sen no Rikyū (1522–1591) beziehen.

Pachinko: eine spezielle Form von Flipperautomaten ähnlichen Spielautomaten, mit denen in einer der zahlreichen *pachinko*-Spielhallen gespielt werden kann.

Parent-Teacher-Association (PTA): Eine zivile Organisationsform in japanischen Schulen, in denen Erziehungsberechtigte und Lehrende über schulische Belange beraten und zusammenarbeiten.

Rakugo: traditionelles komisches Theater mit einem Erzähler komischer Geschichten.

Shiitake: ein japanischer oder ostasiatischer Pilz (*shiitake*-Pilz), aus der Familie der Schwindlingsverwandten.

Shiratamadango-Kloß: weißlicher Kloß oder Klops aus Reismehl.

Shōji: Schiebetür aus lichtdurchlässigem, weißem Papier, das auf einen Holzrahmen geklebt wird.

Spiegel-Mochi-Reiskuchen (*kagamimochi*): runder flacher *mochi*-Reiskuchen, der zu Neujahr auch in Haushalten vor allem vor Hausschreinen zur Begrüßung des *toshigami* (Jahres-Gott) aufgestellt wird. Der Name „Spiegel" soll von der Form herrühren, die einem Spiegel ähnelt.

Takamiyama Daigorō (*1944): Aus Hawaii stammender ehemaliger Sumo-Ringer, der von 1964 bis 1984 aktiv war, zuerst 1972 den Rang des *sekiwake* (dritthöchster Rang im Profi-Sumo) erreichte und von 1984 bis 2009 den Azuma-„Stall" (*heya*) führte.

Tempura: Gemüse oder Fisch frittiert.

Tanmen: chinesische *rāmen*-Nudelsuppe mit Zutaten wie Gemüse und Fleisch.

Ura: Abkürzung für *ura senke* („Hinteres Sen-Haus"), eine der drei großen Schulen der japanischen Teezeremonie, die sich auf Sen no Rikyū (1522–1591) beziehen.

Urashima Tarō: Protagonist eines japanischen Märchens, dessen heute häufigste Version folgendermaßen geht: Weil der Fischer Urashima Tarō einer Seeschildkröte das Leben rettete, wurde er zur Belohnung auf ihrem Rücken zum Drachenpalast im Meer gebracht, wo ihn die Prinzessin Otohime beherbergte und unterhielt. Als ihm auf seinen Wunsch erlaubt wurde, in seine Heimat zurückzukehren, musste er feststellen, dass in der für ihn kurzen Zeit, die er im Palast verbracht hatte, schon 300 Jahren vergangen waren. Er öffnete eine Kiste, die ihm mitgegeben wurde, zu der ihm gesagt worden war, dass er sie niemals öffnen solle, und wurde plötzlich zu einem alten Mann.

24-Stunden-Supermarkt, *konbini:* kleinere lokale Supermärkte, die 24 Stunden geöffnet sind und Waren des alltäglichen Bedarfs, vor allem auch Lebensmittel, anbieten.

Wakanohana (Hanada Masaru, *1971): ehemaliger Sumo-Ringer, 66ster Yokozuna (höchster Rang im Profi-Sumo), dritter Yokozuna dieses Namens und älterer Bruder des berühmten 65sten Yokozuna Takanahana (*1972); beide entstammen einer traditionsreichen Familie von Sumo-Ringern. Wakanohana war von 1988 bis 2000 als Sumo-Ringer aktiv, erzielte insgesamt 5 Turniersiege und wurde 1998 zum Yokozuna ernannt. Da er aber als Yokozuna keinen Turniersieg mehr für sich verbuchen konnte und häufig verletzt war, trat er nach nur 11 Turnieren zurück und schied im Gegensatz zu seinem Bruder, der heute den Takanohana-„Stall" (*heya*) führt, noch in demselben Jahr aus dem Sumo-Verband aus.